michael zuch

meerwärts

enso

„*Der Weg, der mich dir näher
bringt, ist sicher, selbst wenn
er in den Ozeanen mündet.*"

Edmond Jabès
Das Buch der Fragen

1

Unter schwerem und grauem Himmel. Eine Brandungswelle, nahe, sehr groß, nähert sich dem Strand, in der Art eines Traums, langsam und lautlos, türmt sich auf, wirbelnder schwarzer Tang, graugrünes Wasser, wird auf dem Kamm zu weißem Schaum. Die Welle bricht sich. Das Rauschen setzt ein, die Bewegung des Wassers wird schneller, das Rauschen lauter, schwillt an zu unwirklichem Lärm, der schreiende Ruf eines Mannes, die Brandungswelle schlägt hart auf den Strand, in der weißen Gischt wirbelt Tang, bleibt liegen, auf den Sand geworfen, das zurückfließende Wasser zerrt an dem dunklen Bündel. Erschöpfung.

Das Bild zerfällt und ein neues entsteht.

2

Die Straßen einer großen Stadt, die Masse der Menschen, der dichte Verkehr, an einem Morgen, alles ist in Bewegung, der Lärm allgegenwärtig, aber diffus, wie das milchige Licht der schon am Morgen heißen Sonne in den Häuserschluchten.

Ein Mann, eine Frau, sie werden klarer erkennbar, in dieser Masse von Menschen, sie gehen nebeneinander, ihre Gesichter zwischen hunderten anderen verschwommenen, wogenden Gesichtern klarer erkennbar. Das Rauschen der Stadt brandet gegen sie an, unhörbar, das Gewohnteste. Die Frau schaut nach vorne. Und er, neben ihr, hält seinen Kopf gesenkt, er sucht auf dem freien Boden vor sich im Gedränge, seine Blicke gehen umher, dicht am Boden. Er trägt Reisegepäck. Sie aber geht frei, schaut voraus, wie selbstverständlich.

Etwas Unfertiges liegt in der Erscheinung des Mannes: dieser beinahe grobe Körper, und dennoch nicht kräftig, insgesamt etwas gekrümmt, daher die Jacke, wenn er im Gehen innehält und sich einmal aufrichtet, durch das lange Tragen an diesem Körper ausgebeult, wie verschnitten. Der Mund, auf ihm ein halbseitiges Lächeln erstarrt, fast verborgen unter dem buschigen Schnauzbart. Und seine Augen? Sie dagegen eleganter, allein schon durch ihre zierliche Gestalt, das gelöste, offene Gesicht, ihre aufrechte Haltung, wie sie den Fuß vorsetzt, im Warten.

Der Mann, die Frau.

Sie stehen beisammen und warten darauf, die Kreuzung passieren zu können. Sie schauen einander nicht an. Als hätte einer des anderen Gesicht immer vor Augen, wenn er es wollte. Als brauchte es keinen Blick auf den anderen mehr, um sich seines Aussehens zu vergewissern, sich zu vergewissern, dass der andere da ist.

Für Sekunden kommt der tosende Verkehr zum Stillstand.

Die lebhaft suchenden Augen der Frau. Sie wendet den Kopf zu ihm, nur wenig, aber sie bewegt die Lippen, sie sagt etwas, man kann es nicht hören, aber es erreicht den Mann, es muss so sein, denn sein Gesicht verfällt in ein Staunen. Ein aus dem Schlaf Erwachender. Am Rand einer noch unbekannten, noch unsichtbaren Landschaft.

Er wird diesen Ausdruck nie mehr ganz verlieren.

Kein Abschied. Auf dem Trittbrett des Zuges bleibt er stehen, schaut zurück zu ihr. Das Meer, will er fragen. Es gelingt nicht. Er hatte sich umgedreht zu ihr. Seine Hand hebt sich. Mehr das Deuten in eine Richtung als ein Winken. Da blieb etwas Namenloses, eine Art von Furcht, wie er dann später herausfinden wird, eine schon da geahnte

Furcht vor dieser Ferne, die das Meer vor ihm ausbreiten würde, egal, wie nahe er ihm ist.

Also wird er dann schreiben:

> Ich weiß, Du wirst kommen! Und doch fühle ich mich unfähig. Mir das vorzustellen. Wenn ich nachts – aus dem einen oder anderen Grund – plötzlich aufwache. Und lausche. Ich höre das Branden. Die Wellen. Ich höre. Das von meinem Zimmer nicht mehr allzuweit entfernte Meer. Ich lausche. Angespannt. In die Finsternis. Ich höre. Das gleichförmige Rauschen. Das Meer, vor dem ich mich nachts verstecke. Das Meer, das mich sucht. Das Meer ohne jenseitiges Ufer ...

3

Er sieht eine Felderlandschaft. Von draußen stößt die Dunkelheit ans Fenster. Er schaut in diese weite, leere Landschaft, während er in dem Zimmer seine Kleidung in den Schrank legt, in gedankenloser Sorgfalt aus dem Koffer in den Schrank räumt. So gedankenlos ist er mit diesen vertrauten, schlichten Gegenständen beschäftigt, den Strümpfen, der Wäsche, dass er die fremde Umgebung gar nicht bemerkt. Eine Erinnerung an eine zeitlose Fahrt durch die weite, leere Felderlandschaft. Sie war immer flacher geworden, die Festigkeit ihrer Oberfläche immer fragwürdiger. Eine so abgrundtiefe Stille in diesem Zimmer, er hört das Rauschen des Bluts in seinen Ohren. Das Meer, will er plötzlich sagen. Aber da kehrt das Abschiedsbild vor seine Augen zurück: sie, auf dem Bahnsteig, wie sie den Kopf abwendet, so ruckhaft, dass ihr halblanges Haar aufweht, das Lächeln fort, dieses für ihn erübrigte Lächeln aufgezehrt. Sie, auf dem Bahnsteig, wendet den Kopf ab, so ruckhaft, dass ihr halblanges, dunkles Haar aufweht, ihr Blick, das Lächeln, dieses für ihn aufgesparte Lächeln – fort. Und immer neu wiederholt sich das Bild, als werde es nicht genug. Ihr Blick wäre danach, als sie wieder zu dem Abteil aufschaute, ein anderer gewesen. Hinter der Felderlandschaft.

ER GEHT HINAUS. Die Tür des Schranks bleibt offen stehen. Auf dem Bett ein Stapel Wäsche, bleibt dort liegen. Die dunkle Nacht. Er geht hinaus, ohne ans Meer zu gelangen. Schaut von draußen in ein Restaurant, in das Innere von Wohnungen. Das Restaurant nahezu leer, nur ein Kellner, wie erstarrt am Tresen, hager und krumm. Die Bewohner der Zimmer so reglos hinter spinnwebartigen Gardinen. Nicht zu erkennen zwischen den matt beleuchteten Interieurs. In den ausgestorbenen, schmalen Straßen hallen seine Schritte, als bewegte er sich durch unterirdische Kulissen. Mit sich trägt er das Abschiedsbild. Es ist stumm, aber nicht ausgelöscht. Es will weiterbestehen. Gegen alle neuen Bilder. Es will überdauern. Aus der Ferne. Er hätte aber hier, wo er ist, einen neuen Anfang zu finden.

Die klare Idee einer Ankunft.

ER SOLLE UNBESORGT FAHREN. Es werde ganz einfach sein.
Ganz harmlos: Ein Mann. Am Meer. Im Sommer. Er werde dann, später, alles schon kennen, wenn sie komme.

Es wird aber anders sein, seine Anwesenheit, dort: nicht
einfach, sondern eigentlich ganz unmöglich.

Er.
Zwischen Urlaubern.
Die Kälte des Winters.
Die er schon im Sommer erwartet.
Die Farblosigkeit der kalten Luft.
Die er durch seine zögernde Anwesenheit, sein Warten,
in das Gemenge der Sommerfarben mischt. Und noch
im Sommer von der Ankunft des Sommers träumt.

15

ERSTE RÜCKKEHR in das neue Zimmer. Er findet zurück, schließt leise die Tür, benutzt beide Hände, um die Klinke lautlos zu bewegen. Er geht einen Schritt vor in das Zimmer hinein. Aber was er sieht, ist nur Oberfläche, kein Weg hinein, keine Bleibe, wie ein Bild, vielleicht sogar noch ohne die allerschäbigste Rückseite.

DER OFFENSTEHENDE, SCHLICHTE Sperrholzschrank. Ein Geruch von Putzmittel und altem Lack, der dem Schrank entströmt. Der Wäschestapel auf dem Bett zur Seite gesunken, ein vergilbtes Licht liegt darüber. In der Bewusstwerdung dieser grellen Nüchternheit stellt er sich die Frage: Wie oft würde das Abschiedsbild wiederkehren. Wann würde es endgültig zerstört sein. Als finde er diesen Gedanken in seinem Koffer, den er weiter auspackt, ein unsichtbares, vorher nicht geahntes Gepäck, gibt er die zuvor gefundene Sorgfalt auf, wirft die auf dem Bett und im Koffer verbliebenen Kleidungsstücke auf den Boden des Schranks. Er streicht sich durchs Haar. Zwei-, dreimal. Irrt in der Fremde dieses Zimmers umher. Fällt aufs Bett.

4

Er hatte gesehen, wie ein Mann über eine große, kurzgeschnittene Wiese an der Bahnstrecke gefahren war. Auf einem schwarzen Fahrrad. Mit wehendem, hellem Mantel. Hatte gesehen und sich zum Fenster vorgebeugt. Hatte gesehen, wie der Mann umgestürzt war. Hatte, zurückschauend, gesehen, wie der Mann still dort liegen geblieben war. Auf dem Rücken. Halb bedeckt vom Fahrrad. Wie schlafend. Er war aufgestanden, durch die Korridore, die Waggons gegangen. Hellwach. Mit einem Mal. Bis ans Ende des Zuges gelaufen. Immer schneller. Die Abschlusstür. Die Gleise, eine ununterbrochene Spur zurück an den Beginn. Er hatte die Augen verschlossen vor diesem Vergehen der Landschaft, wollte so, auf diese kindliche Weise, diesen langen, fortwährenden Abschied ungeschehen machen. Und hatte plötzlich tastend in die Jackentasche gefasst. Das Geld, das ernüchternde Minimum einer zählbaren Wirklichkeit, wann hatte sie es ihm zugesteckt.

DA SPRICHT IHN EINES TAGES in dem Speisesaal jemand vom Nebentisch her an und behauptet, Angestellter in diesem Ort zu sein und sagt, indem er sich seitwärts zu seinem Tisch herüberbeugt, mit gesenkter Stimme: Sie sind doch auch kein Urlauber, nicht wahr. Redet dann, nach einer Pause, weiter, als habe er nur auf ihn als Zuhörer gewartet: Diese Urlauber, müssen Sie wissen, sagt er, sie leben einfach so, sie haben kein Gewicht, sie denken, hier sei alles anders, sie glauben, sie seien die ersten, die alles sähen, das Meer. Es ist nichts. Alles ist schmutzig, abgenutzt, man selbst ist der Letzte, der alles sieht, nachdem Tausende und Abertausende alles gesehen und berührt haben, man selbst bekommt nur einen letzten flüchtigen Blick gewährt, aber alle Arbeit auferlegt. Und dann schaut sich dieser Mann um, als sei er ängstlich besorgt, man könne ihn belauschen. Aber da ist nur fernab, vor einem der Fenster, dieser gebeugte Schemen. Reglos. Seit Stunden. Und über den abgeräumten Tischen liegt die zitternde Luft im Sonnenlicht; die Blicke aus den verschwimmenden Augen dieses vorgeblichen Angestellten. Als er es nicht mehr aushält, überwindet er seine Scheu, hebt das Wachstuch an einer Ecke und wirft einen Blick darunter. Kein aufgestörtes Wimmeln von Käfern und Asseln, nicht einmal Schrammen. Resopal, hellgrau, von selbstgenügsamer Glattheit. Eben doch wieder nur Oberfläche.

HALBSCHLAF. EIN TAGTRAUM, der sich losreißt vom sicheren Ufer, ihn mit hinauszieht, weiter hinaus als jemals erlaubt, um sich danach aber aufzulösen. Er schlägt die Augen auf, ohne zu sich zu kommen, spürt den Druck seines eigenen Gewichts, auf dem Bett liegt er wie angespült. Er steht auf, ein Schwindel erfasst ihn. Es ist später Morgen. Er tritt in die Stille und Leere des langen Korridors. Da kommt er nur mühsam voran. Es drängt ihn weiter, weiter. Vorbei an geschlossenen Türen in lakonischem Weiß. Die Beine schwerer und schwerer. Während im Kopf die Gedanken fliehen. Panisch und taumelnd. Den Körper zurücklassen, aufgeben, ihn den Verfolgern opfern. Er gerät in ein Feld aus Rot und Gelb. Sonnenstrahlen, die durch das bunte Glas der Schwingtür auf den Boden fallen. Zaghaft berührt er die Griffstange aus Aluminium. Sie ist abweisend kalt. Dennoch stößt er die Tür auf. Gelangt in das Treppenhaus. Ins volle, mächtige Licht. Aus dem Seitengang tritt ein Mann heraus. Schneeweiß gekleidet. In einer Hand ein Gerät oder Werkzeug. Ein nüchterner Blick, den der Mann auf ihn heftet. Er hält dem Blick stand, mit glühender Haut. So dass der andere nichts sagt, sich endlich entfernt.

Jetzt geht er leichter. Die Treppen hinauf. Ganz hinauf. Durch eine Stahltür aufs flache Dach hinaus. Unbehelligt. Er tritt ans Geländer. Eine Hand auf dem rostigen Gestänge. Beugt sich vor. Unter ihm kauert die Stadt. Über die niedrigen Häuser hinweg blinkt das Meer. Es ist von einem tiefen, unendlichen, beinahe stechenden Blau. Er legt die Hände vors Gesicht. Der Mann auf der Wiese, ausgestreckt, von seinem Fahrrad begraben, mit dem er gestürzt war, der Mann liegt dort, wie schlafend, wie tot.

5

Er war am Tag der Abreise früh aufgestanden, viel früher als sonst, viel früher als notwendig, leise, um sie nicht zu wecken. Er hatte mit allen Vorbereitungen, auch mit dem Frühstück, fertig sein wollen, wenn sie dann aufwachen würde. Er hätte weinen können in diesem Licht, diesem durchsichtigen Blau des frühen Sommermorgens, das er schon so lange nicht mehr gesehen hatte. Es war in den kleinen Wintergarten eingedrungen. Hatte verdorrte Pflanzen in aufgeplatzten Terrakottaschalen umhüllt. Hatte sich auf den rostgesprenkelten runden Gartentisch, das schneeige Weiß gelegt. Das Licht. Es hatte auch ihn berührt. Der hinter der Glastür zum Wintergarten gestanden, ein Brot dort gegessen hatte. Als wage er es nicht mehr, sich niederzulassen. Die Koffer hatte er bereits in den Flur gestellt, ganz nahe der Haustür, damit sie später gar nicht mehr in sein Zimmer vorstieße. Es war alles versiegelt, die Erinnerungen, alles unsichtbar gemacht. Und dennoch ging er nur mit gesenktem Kopf durch die Räume, schloss die Augen, wenn ein Dielenbrett knarrte. Stunden. Unbeholfenheit. In dem Haus gegenüber hatte sich eine Frau am Fenster rasch abgewandt, ihre Hände in einem Geschirrtuch verborgen.

AM MEER VERLIERT ER DIE FÄHIGKEIT, früh aufzuwachen. Bis auf dies eine Mal. Am Ende einer Nacht fällt heftiger Regen. Letzte, wiederkehrende Wärme, die durch das halb geöffnete Fenster dringt, gesättigt mit Feuchtigkeit. Ein Zwang, hinauszugehen. Dem er sich nicht widersetzen kann. Also geht er so früh hinaus.

Auf dem Weg durch die aus der Nacht hervorkommenden Straßen befällt ihn eine Furcht vor dieser Ungeheuerlichkeit. Hinauszugehen, einfach so, niemand, der ihn aufhielte, ihn befragte, sich sorgte, ob er nicht jetzt, an diesem frühesten Morgen, an jenen nie im Voraus zu denkenden Punkt gelangen könnte, an dem er verloren ginge, unweigerlich, unumkehrbar. So empört, ganz auf sich gestellt zu sein, gerät er ans Meer, an den menschenleeren Strand, steht am Spülsaum der Flut, im Regen. Und im Hinausschauen zum Horizont löst sich seine Empörung auf, in einem äonischen Gefühl, am selben Meer zu stehen, wie es schon vor Jahrtausenden an dieses Ufer brandete. Er bewegt sich entlang dieser verschwimmenden Grenze zwischen den Elementen. Der vom Regen getränkte Sand. Ein schwer machender mineralischer Geruch sondert sich davon ab. In dem Rauschen des Wassers. Der Brandung. Des Regens. Er geht langsam. In dieser Frühe. Gleichsam mit verhaltenem Atem. Am leeren Ufer. Bereit, umzukehren, aber unfähig dazu. Er wartet auf ein Zeichen. Umkehren zu können. Hinter den Wellenkämmen der Brandung entdeckt er etwas im Wasser. Er starrt hinüber, voller Staunen und Scheu. Er erkennt einen Menschen, der dort schwimmt. Im regenzerwühlten Meer. Der Schwimmer hält inne, legt die Hände vors Gesicht. Er erkennt eine Frau, das lange Haar wie Tang um ihren Kopf. Sie lässt sich in den Wellen der Brandung treiben. Jetzt geht er fort, zurück. Er könnte nicht mehr bleiben. Jetzt schöpft er tief Luft: den Atem einer Gewissheit. Das Licht des Tages gewinnt kaum an Kraft. Der Regen fällt. Eine Wärme liegt in allem, sie müsste noch vom Vortag herrühren, in allmählicher jahreszeitlicher Auflösung, wie sich alles auflöst. Ohne verlorenzugehen, denkt er. Und er ist ohne Angst. Die Schwimmerin, sie könnte von der anderen Seite her gekommen sein.

EINE KINDHEITSPHANTASIE, so schlicht, so vergessen und eben doch so wohlvertraut. Es den Bäumen gleichtun. Stehenbleiben wie sie, bis das Stehen und Bleiben zu einem fraglosen Dasein und zu dem Ort selbst wird, an dem es geschieht, kein Rufen aus der Ferne, kein Winken am Horizont.

In seinem Zimmer hatte er mit dem Rücken zum Fenster gestanden, den Blick unverwandt auf die Tür gerichtet, die Hände in den Jackentaschen, hatte gewartet. Worauf, hatte es in seinem Kopf gefragt, zugleich mit der ahnungsvollen Wahrnehmung des hellen Lichts in seinem Rücken, das ihn bedrängte. Diese Frage, wie ein sich ins Zimmer verirrtes Insekt in seinem Kopf. Was müsste geschehen? Würde die Tür sich öffnen, müsste er sie öffnen? Was bedeutete dieses Licht. Er kannte das schon. Zu schwach skizziert, sein Leben. Auf Ahnungen angewiesen. Wo andere aus einer Eingebung heraus handelten, tastete er sich vorwärts in die dämmrige naheste Zukunft des folgenden Augenblicks. Bis hierhin also auch, bis in dieses Zimmer, bis in unmittelbare Nähe des Meeres.

„Tue es jetzt!"

SEINE UNRUHIG IN DEN JACKENTASCHEN arbeitenden Hände hatten das, was sie dort befingerten, endlich als Geld erkannt. Er zieht es hervor. Er geht in ein Café, nicht einfach so, sondern als ob. Als käme aus ihm eine Art zu leben hervor, die ihn mit den anderen Menschen verbinde. Also auch mit ihr, deren Lachen er wieder hört, im Kreis ihrer Freundinnen, in einem Bistrot, wo er sie abholte, in der Tür stehenblieb. Also sitzt er da, in dem Café, ängstlich darauf bedacht, sich nicht zu weit von seinem Zimmer zu entfernen, denn das Zimmer ist der Verbindungsort zwischen der fernen Stadt und dieser weiten fremden Landschaft am Meer. In seinem Zimmer würde sie ihn dann finden können – wie einen lange vergessenen Gegenstand. In seinem Zimmer bliebe die Verbindung erhalten, zu ihr, die doch noch immer darauf wartet, ihm ans Meer zu folgen. So etwa hatte sie es ihm zuletzt noch gesagt. Sie wird nicht davon schreiben. Es beruht alles, gewissermaßen, auf mündlicher Absprache. Auf einem Satz, den er schon lange vor seiner Abreise gehört hatte. Nun ängstlich darauf bedacht, ihn im Gehör zu behalten. Der ihm aber immer wieder zerfällt und sich neu und anders zusammensetzt. Auch hier im Café. Im Klappern von Geschirr und Kuchengabeln. Diese Geräusche! Gedämpft von dem braunen Teppichboden, den Polstern der Sessel. Die mit unterdrückter Stimme geführten Gespräche an den Tischen treiben wie Staub in der Luft. Die Storegardinen verschleiern das Meer und die Menschen draußen. Er will das alles noch immer nicht sehen. Sein Zimmer sieht er so, als hätte es nie einen Vorbewohner gegeben. Also ohne jede Vergangenheit. Als sei es allein für ihn gealtert, um ihn so zu empfangen und in sich aufzunehmen, ihn zu umschließen.

UND VOR DIESEN GEALTERTEN, kahlen, fleckigen Wänden sie. Sie sieht er oft. In flüchtiger Abwendung. Ihr aufwehendes dunkles Haar.

Er wird am Meer warten, weit über die vereinbarte Zeit hinaus. Er wird sie vor sich sehen – was sie macht, in der Stadt, wie sie sich bewegt, zu anderen redet, schweigend in der Küche hantiert, sich an einem abgelegenen Arbeitsplatz über etwas beugt. Es wird ihm nicht gelingen, ihr in die Augen zu schauen, sie wird das Gesicht stets abgewandt von ihm halten, oder den Kopf dann senken, wenn ihre Blicke sich beinahe träfen, und dieser eine Satz zwischen ihnen. Ein Meer. Sie hätte diesen Satz schon vorher, mit allem, was sie gesagt hatte, gemeint, zu jeder Zeit. Dieser eine Satz – sie werde nachkommen, sobald ... Viel später wird er nachts einmal aufwachen. Wird er den Eindruck haben, als würde das Rauschen des Meeres in letzter Zeit immer lauter. Wird er in die Finsternis lauschen. Wird es ihm sein, als tosten die Wellen gestern stärker als vorgestern und heute stärker als gestern.

DIE BRIEFE. Er streicht die von ihr meist nur zur Hälfte beschriebenen Bögen weißen Papiers glatt. Sie schreibt ihm und aus der großen, sperrigen Schrift liest er eine Hast, mit der sie die Sätze dahingeworfen haben muss. Er aber wehrt sich gegen den Drang, ebenso hastig zu lesen. Wort für Wort begibt er sich hinein. Sie berichtet über den Stand der Dinge, wie sie es nennt. Sie schreibt sehr offen, hoffnungsvoll und knapp über das Alltäglichste, das aber, da er nicht mehr dort ist, für ihn das Fremdeste geworden ist. Also zweifelt er immer mehr daran, wirklich das in den Briefen lesen zu können, was für ihn bedeutungsvoll ist. Seine Briefe sind von diesem Zweifel bestimmt, den er aber nie offen an sie richtet. Da ist nichts in seinem Zimmer. Ein Bett, ein Schrank, ein Schemel, sonst nichts. Anfangs hatte dies eine eigene Sprachlosigkeit verbreitet, in die ihre Briefe gefallen waren. Dann hatte er einen Block karierten Papiers gekauft, und einen Bleistift. Schräg auf der Bettkante sitzend, hält er den Block auf den Knien. So verharrt er oft, mit gekrümmtem Rücken, ohne zu schreiben, während der Tag als ein auf den Boden geworfenes Rechteck aus Sonnenlicht vorüberwandert, zuletzt die Wand hinaufkriecht und verlöscht.

6

Kaltluft. Nachtfahrt. Das Warten des Zuges in der Dunkelheit, auf offener Strecke, halb geöffnet das Abteilfenster. Geruch vergorener Äpfel, Gartenhaus beim Rangierbahnhof, zwischen verwilderten Holunderbüschen. Dem Mann, der aus dem Bretterhaus trat, war das Gras im Neonlicht verblichen, er hielt den Kopf gesenkt.

Weiter entfernt, in einem Meer von Dunkelheit treibend, ein einsames Mietshaus auf dem Land.
Die Wohnungen wie übereinandergestapelte, innen beleuchtete Schachteln.
Die inwendig Geborgenen.
Das lautlose Ausbleiben des Signals zur Weiterfahrt.
Dann weiter die Fahrt. Er hatte keinen Augenblick lang an sich gedacht, er war verloren gewesen zwischen all den Gesichtern der Menschen im Zug, auf Bahnsteigen etc.
Ob er jemals, irgendwo, alleine gewesen sei, ohne sie.
Ob sie nicht immer neben ihm gewesen sei.
Ob er sich jemals wirklich davon überzeugt habe.

ALS ER AN EINEM ANDEREN TAG nach einem kurzen Mittags-
schlaf die Augen öffnet, hört er eine Frau fragen, ganz
nahe, als stünde sie unter seinem Fenster:

„Was machen Sie?"

Erstaunt richtet er sich auf. Der Wind hatte die Fensterflü-
gel weit geöffnet. Ein Geruch von verbranntem Holz und
von etwas anderem, unkenntlichem, aber aromatisch wie
eine alte Erinnerung, weht herein. Er bewegt die Lippen
und will sagen: Ich bin Tage und Nächte gefahren.

Eine andere Frauenstimme, draußen, kommt ihm zuvor
und antwortet in natürlichem Ton:

„Ich gehe in die Dünen für ein Picknick."

Er kann es nicht fassen, wie unbekümmert sich die Menschen geben. Tage und Nächte gefahren. War es nicht so
gewesen? Eine solche Tage und Nächte dauernde Fahrt
wäre doch das Mindeste, was ihn von früher trennt.

DAS AUFWACHEN mit dieser Frage. Am Morgen. Sich anziehen mit dieser Frage: War es nicht so gewesen? Nur diese Frage: War es nicht so? Wie herausgeschnitten aus einem großen, unbekannten Zusammenhang. Und dann immer wieder das Aufwachen aus dieser einen Frage. Irgendwann am Tag. Nicht nur am Morgen. Und gar nicht mehr wissen, was denn so und wie gewesen sein soll. Aber sie. Sie sieht er. Oft. In flüchtiger Abwendung. Ihr aufwehendes, dunkles Haar.

Das Meer ohne jenseitiges Ufer, hatte sie beim Betreten der Bahnhofshalle wiederholt und hatte ihn nach rechts gedrängt, dorthin müsse man gehen, hatte sie gesagt, mit klarer, furchtloser Stimme. Erstaunt, erschrocken hatte er zur Seite geschaut, zu ihr. Dort, zu diesem Bahnsteig, hatte sie wiederholt und hatte die Ungeduld in ihrer Stimme nicht verhindern können. Sie hatte ihn nicht angeschaut.

Das Mittagsläuten der Glocke im Backsteinturm. Er sieht, er ist an den östlichen Rand der Ortschaft gelangt. Zur Rechten die Felder. Schmale Wege ziehen sich in die Ferne. Der Horizont! Dahinter die ferne Stadt. Er erschrickt. Plötzlich gerät alles in seinem Kopf in Bewegung, alles auf einmal und zu schnell. Zuvor verborgene Gedanken und Bilder reißen sich los und erzeugen eine trunken machende Unruhe. Alles erscheint möglich, wo aber beginnen und wie und jetzt sofort? Ein Lachen will hervorbrechen. Es wird nur ein kurzer Schrei, der ihm Erleichterung verschafft, zugleich verliert er den offenen Blick. Was bleibt, ist Oberfläche, die Erde, die Welt, die Wirklichkeit, in die doch niemand hineingelangt, sich immer nur auf ihr bewegt, in der nie alles und auch das Verbleibende nur unvollständig geschieht, eines nach dem anderen. Die Feldwege lösen sich in den gepflügten Äckern auf. Verwirrt schaut er sich um. Die Dünen, dahinter verborgen das Meer. Er geht auf den Kamm der Dünenkette. Er geht, als sei es ein schwerer Entschluss. Als entferne er sich dadurch noch weiter. Sie, die sich durch seine Fahrt immer weiter von ihm entfernt hatte, sie, die ihm bald folgen wollte, sie ist zur Vertreterin der früheren Welt geworden. Sie würde ihm alles erklären. Er steht da. Im Wind. Die Hände in den Taschen. Der Himmel wolkenverhangen. Wie eine Spiegelung des Meeres, denkt er. Er sieht: Das Meer ist wirklicher als der Himmel. Und doch gebärdet es sich wie etwas Endloses. Das Meer dehnt sich immer weiter aus, je länger er schaut.

Er schreibt:

> Ich sitze mit dem Rücken zum Meer. Am Rand des Meeres.

ER GLAUBT, an der Unwirklichkeit ihres abwesenden Körpers irre zu werden. Er denkt an sie. Aber er sieht nur Bilder vor sich. Er hat den Glauben an ihre Existenz verloren. Sie schreibt ihm Briefe. Er liest sie voller Staunen. Wie die verschlüsselten Ankündigungen einer kommenden Wirklichkeit. Man ruft ihn zum Essen. Er lässt es zu. Er äußert keine Wünsche, aber man fragt ihn auch nicht. Es ist, als wäre er immer hier gewesen, vielleicht sogar schon länger als die, die sich hier um ihn kümmern. Da legt er das Messer beiseite. Hält die Gabel in der Hand. Vergisst das Essen. Durch die großen Sprossenfenster sieht er hinaus. Das schmutzige Glas. Der Himmel grau wie ein Meer. Und sieht ihren Brief auf seinem Bett liegen. Und will dann gerne aufstehen. Will in sein Zimmer gehen. Und auf einem Stück Papier zu schreiben beginnen. Will etwas Angemessenes antworten. Alles, was er ihr bisher geschrieben hat, hält er für maßlos, der Maßlosigkeit all dessen entsprechend, was ihn umgibt. Das dickwandige Porzellan. Die hineingeschlagenen Kerben. Der beständig von diesem weiten Meer hereinwehende Wind. Er steht nicht auf. Man tritt seitwärts an ihn heran. Man nimmt den halbvollen Teller vom Tisch. Er behält die Gabel in der Hand. Man lässt sie ihm nachsichtig.

7

Sie werde nachkommen, sobald es ihr die Umstände ermöglichten. Er hatte diesen Satz nicht wirklich gehört, aber er hatte schon lange vorher gewusst, dass sie ihn sagen würde, nochmals sagen würde, sie eigentlich nichts anderes als immer wieder diesen Satz gesagt hatte. Sie, jenseits der spiegelnden Scheibe. Dieser Schmutz auf dem Glas! Er hatte die Bewegungen ihres Mundes gesehen und die schallende Lautsprecherstimme über dem Bahnsteig gehört, hatte gesehen, wie sie einen Schritt zurücktrat, die Arme vor der Brust verschränkt, den Kopf zur Seite gedreht, in Richtung des Ausgangs, zur Stadt hin, das Lächeln völlig verschwunden. Wieder hatte er rufen wollen, unfähig, das Abteilfenster zu öffnen, regungslos, sie hatte den Kopf herumgeworfen, als habe seine bloße Absicht ihre Gedanken erreicht, er hatte das grenzenlose Staunen auf ihrem Gesicht gesehen, als sei sie fassungslos darüber, dass er noch immer da ist, dann die Bewegungen ihrer Lippen, ohne Lächeln, er hatte sie gesehen, aber nicht verstanden, nur die Stimmen der anderen Reisenden hinter sich im Wagen. Dorthin hatte er nun gehört. Dorthin hatte er sich unwillentlich gewandt, in diesem Moment war der Zug losgefahren.

EIN ANDERES MAL WEINT ER. Diese Trauer, sie quillt aus einer Lücke seines Gedächtnisses. Er weiß nicht mehr, wo ihr Blick war, beim Abschied, am Bahnhof. Er weiß nicht einmal von dieser Gedächtnislosigkeit. Aber sie schreibt ihm von der Stadt. Schreibt von der Stadt, als wisse sie nur davon. Das hat diese Lücke noch weiter geöffnet. So dass nun die Trauer hervorquillt. Sie schreibt: Lieber Gabor. Aber dann schreibt sie nichts von ihrer Abwesenheit in seinem Leben. Sie sollte doch bei ihm sein. Da würde er sie dann auch fragen, ob sie sich die Geschichten aus der Stadt vielleicht für ihn ausgedacht hatte. Die Unwirklichkeit eines fremden Lebens ... Bestürzt horcht er auf. Es ist ein wolkiger, kalter Nachmittag. Vom Meer weht der Wind herüber. Staub und Zeitungspapier tanzen in kleinen Wirbeln über den Innenhof. Der Vorhang flattert.

KAUFT SICH ZEITUNGEN, die er Seite für Seite immer ungehaltener umblättert, sie im Café liegenlässt, neben sein Bett fallen lässt, anderntags, beim Aufstehen, mit dem Fuß auf das raschelnde Papier tritt, erschrocken die Beine anzieht. Sie habe von diesem Ort am Meer in der Zeitung gelesen, hatte sie gesagt. Da hatte er vielleicht zum ersten Mal das Fremdartige aus ihrer Stimme herausgehört. Im Waschraum, bei den Toiletten, entdeckt er schwärzliche Spuren an den gekalkten Wänden, unregelmäßige kleine Flecken, aus dem Innern hervorwachsend. Fassungslos beugt er sich vor, starrt mit halb offenem Mund darauf. Er sieht es vor sich, auf dem Wohnzimmertisch. Ein Ferienprospekt, eine Brandungswelle, die sich auftürmt unter strahlend blauem Himmel, eine Frau, abgewandt von dieser Welle, ahnungslos lächelt sie dem Betrachter zu, die Arme in die Luft erhoben. Dieser schlanke, gebräunte Körper, in gelbem Badeanzug, die Brandungswelle, lautlos, gewaltig, endlos. Und sie hatte das Zimmer betreten. Es wäre doch eine Möglichkeit, ein Versuch, hatte sie gesagt. Hatte die gefaltete Zeitung auf den Tisch, den Urlaubsprospekt geworfen, hatte das Bild der ahnungslosen Frau verdeckt.

Da hört er Schritte. Wie von selbst, langsam, geht sein Blick zur Tür, noch immer halb verloren in diesen vergangenen Bildern, zwischen schwärzlichen Flecken. Es ist der Mann, dessen Kopf nicht aufhört zu zittern, in unablässiger Verneinung. Betreten senkt er den Blick, will etwas sagen, aber der andere geht an ihm vorbei, mit starren Augen und zitterndem Kopf.

ER BEGEGNET EINER FRAU, die ihren Mann auf den Armen durch die leeren Straßen trägt. Dieser stürmische Tag. Erst im Näherkommen kann er das erkennen. Zuerst ein Kind vermutet. In den Armen der Frau. Die unförmige Gestalt der Frau in der schemenhaften Wahrnehmung, ein Kind in den Armen der Frau. Im Gegenlicht von der Meerseite her. Die Straße von der Promenade abschüssig hinab in den Ort. Die Frau mit zottigem grauem Haar und geschwollenen Beinen. Der Mann in den Armen der Frau, zusammengekauert, klein und dünn. Wie ohnmächtig oder tot. Als sie einander passieren, hört er den schweren Atem der Frau. Ganz nahe gehen sie aneinander vorbei auf der breiten, leeren Straße. Für einen Moment so, als seien sie alle drei eingeschlossen in einem großen, verlassenen Raum. Und aus der Richtung der noch unsichtbaren See das Rauschen der Brandung, verhalten, aber fordernd. Diffuses Licht. Ohne erkennbare Quelle, aus größter Ferne, bis hierher dringt es vor. Er geht weiter. Auf die Uferpromenade. Sieht das aufgewühlte Meer und ist selbst mit einem Schlag in heller Aufregung. Steht da. In diesem zerrenden Wind. Das donnernde Aufschlagen der Brandung auf den leeren Strand. Eine weite, wüste See. Ist uns die Vorstellung, es könne eine jenseitige Küste geben, nicht unerträglich, hatte sie damals gefragt, gleichsam anstelle des Abschieds. Und sie, sie lebt, ungestört, fernab vom Meer, geborgen in der Stadt.

MIT EINEM SCHLAG ist es hell.

Und ist das Tageslicht noch so langsam und grau herauf-
gekommen, nimmt er es dennoch mit einem Schlag zur
Kenntnis.

Dass es jetzt also hell ist.

Und nicht mehr so dunkel.

Wie noch vor einer Viertelstunde.

So plötzlich, er weiß nie, wie ihm geschieht.

Und er findet das alles vor, im Tageslicht.

Er wacht nicht mehr so früh auf.

Es ist unmöglich geworden.

Aber es ist ihm, als behielte der Tag diese eigentlich
flüchtige, andere Deutung der Zeit durch das frühe,
blaue Licht der ersten Morgenstunde bei.

Auch während der folgenden Stunden.

Bis in die Nacht hinein, manchmal.

8

Als der Zug ausfuhr, hatte er an eine Verwechslung geglaubt, hatte das Abteilfenster aufgerissen, hatte geglaubt, ein anderer als er müsse das erleben, es ging alles viel zu schnell, diese gegenläufige Bewegung: die Ausfahrt des Zuges – das Zurückweichen der vertrauten Welt. Sie, im Zwielicht der Bahnhofshalle, nur noch ein Schemen. Über ihm die hohen Wolken! Das hart herunterbrechende Sonnenlicht! Er hatte achtgeben wollen, dass sich nicht alles von ihm entfernt. Der plötzliche Fahrtwind, der ihm in Haar und Gesicht griff, der einherging mit einem Verwischen der Musik, die noch von den weit ins Freie führenden Bahnsteigen herüberklang, aus kleinen, versteckten Lautsprechern, als habe man eine Illusion vor ihm aufrecht erhalten wollen, er hatte sich vorgebeugt, weit hinaus, hatte sich der unaufhaltsamen Zerstörung dieses Abschiedsbildes widersetzt.

WIEDER SITZT ER IM CAFÉ, aber darf er das denn? Sitzt doch einfach da, kein Gegenüber, mit dem er schwatzen würde, keine Zeitung, kein Buch in der Hand, keine Postkarte, auf die er Grüße malte, nicht einmal seinen Kaffee trinkt er, wünscht sich nur fort. Sitzt an einem unauffälligen Eckplatz, um den Blicken des Kellners zu entgehen. Und als sein Blick vagabundiert, unablässig auf der Suche nach einem Ort, an dem er bleiben könnte, verbirgt einer der lesenden Gäste mit einer raschen Bewegung die Zeitschrift unterm Tisch. Aber vor wem? Flüchtiger Eindruck. Bunte Bilder. Verwischte, lachende Gesichter. Oder Blumen.

Gelegentlich ist es ihm so, als stünde auf den Dingen ihr Name, in sorgfältiger Schreibschrift wie auf einer Schultafel. So prägen die Dinge sich ihm ein und in seinem Zimmer schreibt er sie aus dem Gedächtnis ab, schreibt sie in die Briefe: Auto Hund Bank Kinderwagen. Und spricht damit sie an.

Immer nur sie.

WIEDER DIE ZWEIFEL. Seine Briefe wirklich abgeschickt zu haben. Alle Briefe abgeschickt zu haben. Kein klares Bild im Gedächtnis davon, wie er die Briefe eingeworfen hat. Sich selbst sieht er in der Nacht, während sein Körper in den Schlaf sinkt, wie einen Fremden. Die backsteingepflasterte Seitenstraße hinab, zum alten, von Blumenrabatten umgebenen Leuchtturm. Und gegenüber das Hotel, ein Wintergarten, ein hölzerner Vorbau in verwittertem Weiß, Menschen hinter den müden Scheiben, beim Essen dort drinnen. Er sieht nur die Köpfe, das Haar, eine Frau wendet sich in einer heftigen Seitwärtsbewegung des Kopfes zum Fenster hin, ihr Haar weht auf. Und dann der Briefkasten davor, an einem schiefen Pfahl. Sieht sich wie einen Fremden darauf zugehen, zögern, stehenbleiben, und dann umkehren. Nur einen Moment lang der Müdigkeit nachgegeben, die Augen geschlossen im dunklen Zimmer. War er an den Kasten getreten? Sehr deutlich vor Augen die vom Alter und vom Seewind spröde, rote Ölfarbe, eine Landschaftsminiatur, in der sich seine Gedanken verlieren. Hatte er die Einwurfklappe des Briefkastens geöffnet? Immer dieses Gefühl in den Fingerspitzen der rechten Hand, er reibt sie aneinander unter der Bettdecke, dieses Tasten, als hielten sie noch einen Brief. Er reißt die Augen auf, die Dunkelheit in seinem Zimmer ein helles Weiß, an den Rändern geht es über zu echter Finsternis. Ein unbeschriebener Bogen weißen Papiers, das sich auflöst. Im Hinübergleiten in den Schlaf zuckt sein Bein. Wieder schreckt er auf. Auf dem Weg zurück hatte er sich eine Blume am Fuße des Leuchtturms gepflückt. Behutsam zwischen den Fingern der rechten Hand hatte er sie mit sich getragen. Später war sie hinabgefallen, aber noch in seinem Zimmer hatte er dieses Empfinden in den Fingerspitzen, hatte die Hand gehoben, hatte die leere Hand gesehen. Er weiß, dass er einmal einen Brief zerrissen hat. Er weiß, dass er sich oft vorstellt, die Briefe in seinem Zimmer zerknüllt unter der Matratze versteckt zu haben. Er schaut dort nach – nichts. Oft denkt er, die Briefe gar nicht geschrieben zu haben. Niemals schreibt sie von seinen Briefen.

Häufig nun auch vor dem Einschlafen die Rückkehr seiner Gedanken zu dem Gewicht jenes Mannes in den Armen der Frau. Die Abwesenheit jenes Mannes durch die Ohnmacht oder den Tod. Sein Gewicht dadurch gänzlich aufgehoben.

ER GLAUBT, er habe unbemerkt Tage und Wochen verschlafen. Überall ist das plätschernde Schwatzen von Urlaubern zu hören, in jenem Café, in den Straßen, bis dicht an das Haus heran, in dem sein Zimmer ist.

Und da erinnert er sich nun, wie sie vom Sommer gesprochen hatte.

Also will er sich an den Badestrand begeben, um dort zu versuchen, sich unter die Menschen zu mischen.

Aber wenn sie dann käme, nach ihm suchte – wie könnte sie ihn erkennen.

Er ist sich sicher, einen Teil von sich dazu aufgeben zu müssen, er weiß nicht, welchen.

ER ENTDECKT DIESE UNAUFMERKSAMKEIT sich selbst gegenüber. Er steckt in seinem Leib, sieht ihn kaum, schaut hinaus. So hell die Sonne. Die Menschen überall. Sinkt hinein, unter die Oberfläche eines Meeres, hört die Menschen, sie alle gehen in Richtung des Meeres. Sie strömen von überall her, reden und lachen, aber nicht zu laut, sind sich des Ernstes bewusst. Die Schatten fallen hart. So hell die Sonne. Von allen Seiten strömen die Menschen zu der Prozession, von weit her müssen sie kommen. Und er mittendrin. Er hebt den Kopf. Nun schon der freie Himmel zwischen den Häusern, helles Licht am Ende der Straße, in die sie einbogen. Ein stetiger Wind weht ihnen entgegen. Er lächelt schwach, aber innerlich lacht er laut. Die Promenade. Der Strand. Das Meer. Hunderte von Menschen, jung und alt, im Aufbruch, viele von ihnen schon am Ufer, im Wasser. Auch er nähert sich der Brandung. Die ersten schwimmen bereits hinaus. Da dreht er sich um, ungewollt, auf ein Rufen hin, sieht die Menschen liegen im Sand. Da tönt es ganz laut in seinem Kopf: Die Zurückgebliebenen! Was? fragt er sich, als habe er jemanden nicht richtig verstanden. Was hast du gesagt? Nichts, nichts ... geht unter im fröhlichen Lärmen der Strandbesucher.

EINE UNACHTSAMKEIT, wie er sie auch den Pflanzen in den Terrakottakübeln gegenüber hatte geschehen lassen, die er zuletzt in dem bläulichen Licht als etwas rettungslos Vergangenes gesehen hatte.

Er steht auf, geht zum Fenster, ohne es zu wollen, er weiß nicht warum. Er schaut hinaus. Unten sieht er in dem Garten eine Frau, mit einer knielangen Strickjacke bekleidet, in Strümpfen über den Kiesweg gehen, langsam, Schritt für Schritt, die Arme vor der Brust verschränkt, die Schultern hochgezogen. Er hebt eine Hand, öffnet den Mund, dann wendet er sich ab, geht zu dem kleinen Tisch, starrt auf die Zeitung, die dort liegt, starrt auf die fett gedruckten Zeilen, bewegt die Lippen, ohne zu begreifen. Dann wieder rasch ans Fenster, öffnet es, beugt sich hinaus. Die Frau ist fort.

9

Die Fahrt, für ihn hat sie noch immer kein Ende gefunden. Kaum dass sie denn wirklich schon begonnen hätte, oder doch, das ja. Unumkehrbar. Aber Ankunft? Die Überquerung des Flusses, bald nach dem Verlassen des Bahnhofs, ein plötzlich helleres und weithin hallendes Fahrtrauschen des Zuges auf der Brücke, unten, auf dem Fluss, ein Boot, das sich unversehens, unendlich, vom Ufer gelöst hatte, davongetrieben war, eine unbestimmte Idee der Richtung, vielleicht ein Davonkommen, Zweige, die ins Wasser hingen. Grünes Laub. Der Fluss hatte sich ausgeweitet, in einer sanften Biegung strebten die Gleise auf der anderen Seite dem offenen Land zu, jetzt hatte er den Zug in seiner ganzen Länge gesehen. Die Beschleunigung, der Wind in der Sonne, die Fenster, die sich schlossen, eins nach dem anderen, die Menschen sanken auf ihre Sitze, um sich der Fahrt zu überlassen, er aber war am weit geöffneten Fenster geblieben, er hatte nach den Geräuschen der zurückbleibenden Stadt gegiert, nach der Stimme der Frau, sie hatte es ihm mit auf den Weg gegeben, schweigend.

NICHTS HATTE DIE FAHRT AUFGEHALTEN. Aber er hatte sich wie ein Stein gefühlt.

Und er hatte gewusst, von nun an muss er alles sehen, was ist. Nur dieses Schauen, ohne zu wissen, wozu, ein Morgenlicht ohne Versprechungen, das Heraufkommen des Tages, gleißend, aber ohne sichtbare Sonne.

Er glaubt, dass ihn eine junge Frau am Strand für Sekunden voller Erregung angestarrt hatte. Darüber kann er dann in der Folge viele Male nicht einschlafen, wenn ihm das wieder einfällt.

Er steht in seinem Zimmer. Sieht diese Frau in obszönen Beischlafsituationen mit anderen Männern und stellt sich vor, wie sie währenddessen unentwegt an ihn denkt, um sich aber dabei nur noch heftiger an den anderen Männern zu reiben. Da wagt er es nicht einmal, sich ins Bett zu legen. Er steht in diesem hoffnungslos stillen Zimmer. Unter der Glühlampe, die von oben ihr Licht auf ihn herabschüttet. Er muss es am Schalter neben der Tür löschen, bevor er zu Bett geht. Das einzige Licht in diesem Zimmer. Eine teilnahmslose Helligkeit. Rings um den Schalter ein dunkler Hof auf der Tapete. Oftmals lässt er das Licht brennen.

IM TANZSAAL AN DER SEEPROMENADE. Seit einer Woche geht er fast jeden Abend dort hin. Die Decke des Raumes viel zu niedrig, um es wirklich einen Saal werden zu lassen. Es hat den Anschein, als gingen und tanzten die Menschen alle etwas gebeugt wegen der niedrigen Decke. Die aber doch unerreichbar ist. Es sind Menschen aus dem Osten, die dort aufspielen. Die ihre ganz eigene, hier unbekannte Trauer als Wegzehrung mitgebracht haben. Und auch das Publikum daran teilhaben lassen, indem sie die Walzer beinah unmerklich langsamer als gedacht spielen oder bei den Ländlern den Takt etwas schleifen lassen. Wie auch die Stimme des Geigers bei den Ansagen sich oft nur schwer von den einzelnen Wörtern trennen kann. Sie zerdehnt wie im Abschied. Wort für Wort. Meist steht er in der Nähe des Eingangs. Ein Glas in der Hand. Ohne zu trinken. Sieht die Paare zu dieser Musik linkisch tanzen. Mobiliar und Genügsamkeit der Gäste entsprechen einander in dieser Grauzone zwischen Lachen und Weinen. Wenn er geht, stellt er sein halbvolles Glas auf dem Fensterbrett ab. Zwischen den glasierten Blumentöpfen. Er will ihr schreiben, dass auch sie einmal so tanzen könnten. Ohne Mühe dieses früher von ihnen immer so verachtete Leben solcher Menschen führen könnten. Um zu vergessen. Diesen schrecklichen Abschied. Er vergisst die ungeschriebenen Sätze. Was bleibt, ist dann später die überwältigende Stille in seinem Zimmer. Das nachtdunkle Meer war an diesem Tag von einer erschreckenden Weite.

DANN, IN EINEM BLINZELN, hinter den Tränen vom Fahrtwind –
Kinder am Fenster eines Wohnhochhauses jenseits eines
breiten Gleisgeländes: ein weit geöffnetes Fenster hoch
oben im turmartigen Haus, kleine Gestalten mit wehenden
Armen, er schloss die Augen, er hatte an ihren Heimweg
gedacht, hatte ein Bild davon: sie, die sich immer weiter
entfernt, stumm, mit schnellen, übereilten Schritten, zwischen unzähligen, hastenden Menschen, immer kleiner
wird, immer mehr mit der Stadt verschmilzt. Hatte es in einer derartigen Versunkenheit gedacht, dass der Gedanke
an kein Ende gelangte, hatte am Fenster gestanden, hatte
mit geschlossenen Augen hinaus ins Land geschaut, um
den Moment abzuwarten, in dem diese Frau sich noch
einmal umdrehte, endgültig stumm von nun an.

Hɪɴᴀᴜsᴛʀᴇᴛᴇɴ ᴀᴜꜰ ᴅɪᴇ ɴᴀ̈ᴄʜᴛʟɪᴄʜᴇ Uꜰᴇʀᴘʀᴏᴍᴇɴᴀᴅᴇ, in den Wind. Der Klang des Birkenwalzers, in den sich das Tosen der Brandung mengt, um dann mit dem Zufallen der Tür unterzugehen. Im Kopf ein verzerrtes Echo. Weitergehen, an den Rand der Uferpromenade. Die Schwärze der See. Das Salz auf den Wangen. Und ein Zurückschauen. Hinter den großen Scheiben des Tanzsaals, unter lieblosem Neonlicht: die nun so klein, im Rauschen der Brandung dahintaumelnden Paare. Wie Kinder, die nicht zu Bett gehen wollen.

DER AST EINES AHORNBAUMES ragt seitwärts in das leere Blick-
feld seines Fensters hinein. Stets wenn er einen Brief
schreibt, aufschaut, entdeckt er ihn neu. Ein kahler Ast,
der in der Luft steckt, schwebend, ohne Verbindung zum
Boden. Einmal dringen dumpfe Stimmen durch die Stille
in sein Zimmer vor. Von weit her, aus dem Innern, beinahe ein Singen. Ein anderes Mal ein Schrei.

IN DER FERNE, am Ebbstrand läuft ein Kind, im Zickzack, klein wie ein Stecknadelkopf, fällt in den Sand. Ein anderer Mensch geht daran vorüber, ohne innezuhalten, auf gerader, unbeirrbarer Bahn hinein in die größte Ferne.

DANN ABER DER EINBRUCH DES WINTERS, ohne Übergang, ohne Schnee, vereiste, unklare Luft. Das Grau des Himmels stürzt ein über der Landschaft am Meer. Lautlos. Er hatte die Ahnung schon mitgebracht.

IN DER MITTAGSDÄMMERUNG. Bei einem Spaziergang. Er schneidet mit seinem warmen Körper eine Schneise in die Eisluft. Es gibt keine Urlauber mehr. Er, zurückgelassen. Zum ersten Mal bemerkt er das Weiß der niedrigen Häuser. Dieses Weiß! Als habe erst der Frost es sichtbar gemacht. Diese abweisende Reinheit.

Ob sie denn nie einen Satz zu Ende gesprochen hätten. Kein Satz von ihr, von ihm, den sie zueinander gesprochen hatten, an den er sich im Ganzen erinnerte. Der Schluss jedes Satzes verebbt, geht unter, in einem Rauschen.

DER GRAUBRAUNE SAND nun immer feucht. Das Papier der Briefe, die er bekommt, leicht aufgequollen, wellig. Als hätten die, die sie ihm überreichen, sie dort draußen gefunden. An den weiten, vereinsamten Stränden. Hinter den großen, dem Meer zugewandten Fenstern der eleganten Häuser brennen Kronleuchter. Das honiggelbe Licht in der grauweißen Winterlandschaft. Tausende von Lichtern für unsichtbare Menschen. Dagegen das schmutzige Rot des hohen Backsteinbaus, in dem sein Zimmer ist, umgeben von einem verwilderten Grundstück. Niemand fragt ihn. Manchmal bewegen sich Gardinen wie im Wind. Keine Spur von ihr. Er weiß nicht, wo er schon überall gelaufen ist. Kaum ein Wiedererkennen. Kein Gruß.

Seine Briefe. Was er über das Meer schreibt, wird immer unwirklicher. Allmählich bleibe der Schnee auf dem Meer liegen. Er schreibt: Was werde ich wohl sehen, wenn Du hier bist, was gibt es wohl wirklich hier zu sehen. Erbetteln will er nichts. Ermahnen kann er nicht. Aber hoffen, das tut er, ohne darüber nachzudenken. Sooft er heimlich auf das Dach des Backsteingebäudes steigt, lässt er seinen Blick über das Meer, über diese manchmal in einem schmerzhaften Blau erstrahlende, manchmal abgrundtief düstere Wasserfläche schweifen. Und immer, wenn auch nur kurz, kommt es ihm dann so vor, als sei die Fahrt, zu der sie ihn damals verabschiedet hatte, noch immer nicht zu Ende.

DIE ZUGFAHRT. Er träumt immer wieder von einer endlosen Zugfahrt. Durch eine leere gelbe Landschaft. Er hat Zweifel, tatsächlich angekommen zu sein. Man hatte ihn begrüßt. Selbst beim behutsamen Schließen der Eingangstür klirren die Milchglasscheiben. Leise und spröde. Dieser Ton. In der Stille des langen Korridors. Man hatte ihm das Gepäck abnehmen wollen, aber als er sagte, es sei nicht schwer, hatte man gelächelt wie zu einem Kind. Man hatte ihm sein Zimmer zugewiesen. Ein labyrinthischer Weg ins Innere des Hauses. Der verwehende Geruch von Ölfarbe. Der Geruch eines tiefgründigen Weiß. Erst am anderen Morgen, im Tageslicht, war ihm klar geworden, dass sein Zimmer ein Fenster hat. Man ließ ihn auch gehen. Aber wohin nur? Wie lange? Und warum? Nach einem Mittagessen war ihm vor der Tür des Speiseraums etwas eingefallen, war ihm im selben Augenblick, als er stehenblieb, wieder entfallen. Zu seiner Rechten lag der Korridor im Dämmerlicht schwacher Lampen, zur Linken trat eine Frau seitlich an ihn heran, ihr Gesicht formte sich aus dem Zwielicht wie ein Relief und so unbewegt blieb es auch. Ihr Blick indessen versenkte sich in seine Augen, so innig, dass er glaubte, es nicht aushalten zu können. Da wandte sie sich abrupt ab und ging fort, lautlos, wortlos, leicht gebeugt. Erstaunt erkannte er ihre Kleidung: ein von bunten Farbflecken bedeckter grauer Kittel, knielang, die Waden nackt und hinabgerutschte grobe Wollstrümpfe. Er hörte die Lautlosigkeit ihrer Schritte, als sie sich immer weiter entfernt.

Er hört noch immer die Lautlosigkeit ihres Blicks, der sich nicht von ihm abwandte. Das Graugrün ihrer Augen liegt wie ein durchscheinendes Häutchen über dem Abschiedsbild.

10

Da war ihre Hand auf seinem Rücken gewesen, sie hatte sich dorthin gelegt, als er, auf dem Trittbrett des Waggons, für die Dauer eines gestammelten Wortes zögerte, den Blick halb über die Schulter gewandt, er hatte gemeint, die Wärme der Hand müsse durch die Jacke zu seiner Haut hindurchdringen, hatte aber doch nur den sanften Druck wahrgenommen, diese Hand, sie hatte zwischen dem Vergangenen und der Gegenwart gelegen, die Gegenwart, das war der Aufbruch, sein Aufbruch, während sie in der Vergangenheit, in der Stadt bleiben würde, ihre Hand hatte sich zurückgezogen, war von ihm abgefallen, er hatte sein Gepäck auf den eisernen Flurplatten abgestellt, endlich. Sie hatte gelächelt, er stand in der Tür, schaute sie an. In diesem Moment hatte er das lächelnde Schweigen gelernt, aus dem die Sprache nicht mehr hervorkommen kann.

Dᴀɴɴ, ᴀʟs ᴇɪɴᴇ ᴠᴇʀɢᴀɴɢᴇɴᴇ Möglichkeit des Sommers. Von dem sie gesprochen hatte. Sieht er sie vor sich. In einem großen, sehr hellen Raum. Ganz leicht bekleidet. Ein Tuch nur. Das sie mit den Händen festhält. Ihn sieht. Sie auflacht. Eine Hand vor den Mund nimmt. Das Tuch hinabrutscht. Und eine Brust von ihr entblößt. Sie aber weiterlacht. Als hätte sie nicht gehört. Was er sagte. Als hätte sie seinen Namen vergessen. Als wäre sein Blick nicht vorhanden. Ob denn alles Gesagte für immer gesagt wäre.

IN GROSSEN SCHAREN fliegen die Möwen auf, wenn die weit ins Meer hinausragenden Buhnen im ansteigenden Wasser untergehen. Ihr träges Hinaufsteigen in die Luft – was für eine Gleichgültigkeit und doch so leicht! Er steht am leeren, klammen Strand. Es geht kein Wind. Es gibt nichts als das Grau. In endlosen Schattierungen. Über Stunden hinweg verfolgt er dieses Schauspiel. Das langsam ansteigende Wasser. Die auffliegenden Möwenschwärme. Es ist ihm, als ließen die Möwen durch ihr gleichgültig schläfriges Auffliegen in die Luft das Wasser weiter ansteigen. Die Macht dieser Gleichgültigkeit – seine Unruhe dagegen. Die immer weiter wächst. Aber er bleibt dort stehen. Er sieht dieses Meer. Wie es näher und näher kommt. Ohne dass er weiß, ob es auch diesmal wieder beginnen würde, sich zurückzuziehen. Es ist dieses Meer, das eine endgültige Ankunft unmöglich macht, es weist ihn ab. Er hätte ihr schreiben wollen: dass er diese Gleichgültigkeit nicht hätte. Aber schon der Gedanke daran versetzt ihn in quälende Aufregung. Zurück in dem großen stillen Haus. In der Stille des langen Korridors hängt ein Geruch nach zerkochtem Fleisch. Er will sich in sein Zimmer einschließen. Ihm fällt nichts anderes ein. Aber es gibt keinen Schlüssel. Er packt seine Sachen. Und dann weiß er nicht weiter. Sitzt da. Auf dem Bett. Betrachtet seinen Koffer, die Reisetasche. Und wartet ab. Überlässt sich der Zeit. Man sagt ihm schließlich, er sei kindisch, er bestrafe sich selbst damit. Er hört das halbherzige Bedauern. Er lächelt. Er sieht in ihnen die wahren Kinder. Kinder, die ein Spiel nicht aufgeben wollen. Niemals würde er ihnen von diesem Unglück erzählen können, von dieser anderen Stadt, von ihr. Nichts. Tagelang lebt er aus dem Koffer, froh über diese Veränderung. Abzuwarten, ob so ihre Ankunft zu erzwingen wäre.

DER TANG AN DEN LEEREN STRÄNDEN. Angeschwemmt von der niemals ruhenden See. Aus der Ferne wie vergessene Schatten auf dem hellen Sand. Im Näherkommen werden es dichte Büschel dunklen Haars. Graugrün das Meer, immer für ihn da, als schaue es ihn an.

Dass sich alles vermische, hatte er ihr geschrieben, vorher schon: die Vergangenheit mit der Zukunft mit der Gegenwart. Und dass dies nur richtig sei. Es sei so, wie es ist. Dass er also hier an diesen Ort gereist sei. Er also hier warte. Dass sie zurückgeblieben sei, entgegen der Zukunft, die sie in einer Vorvergangenheit beschlossen hätten. Dass jetzt also eine andersartige, gleichwohl sehr bestimmte Zukunft auf sie warte. Aber, so schrieb er, mit welcher Gegenwart werden wir dorthin gelangen, in jene Zukunft, um womöglich auch sie zu zerstören – das Bereitliegende, das Mögliche.

OB SIE DENN NOCH WÜSSTE, in welcher Zeit sie beide sich das Meer, an dem sie dereinst stehen würden, als uferlos jenseits des Horizonts gewünscht hätten. Das schreibt er nicht. Er denkt es. Er steht am Ende des Korridors mit dem Rücken zum Fenster. Aus einer lautlos von innen geöffneten Tür weit vor ihm fällt jäh gleißendes Licht in den Gang. Niemand zu sehen. Niemand tritt hinaus. Lautlos schließt sich die Tür wieder. Das gleißende Licht. Ausgelöscht. Er dreht sich zum Fenster hin, der verwilderte Park, braunes Laub in fahlgrünem Gras. Eine Amsel fliegt auf mit einem durchdringenden leisen Ruf des Erschreckens.

Da fühlt er sich momentlang geborgen wie in einem unvergänglichen Bild.

ER BEMERKT DAS FEHLEN von Kleidungstücken in seinem Schrank. Er ahnt, dass er die Wäsche, die er zum Waschen abgegeben hat, nur teilweise zurückbekommt. Man sagt ihm, er brauche das alles nicht mehr. Man wolle nicht, dass er sich mit diesen Dingen belaste. Er lächelt. Als er dies hört. Er weiß es. Dass er lächelt. Er kann es nicht ändern, es ist gefroren in seinem Gesicht, halbseitig, ein Lächeln, gegen alles. Diese Demütigung durch solche Behauptungen. Er nimmt nichts anderes wahr als das. Man trägt sie ihm allen Ernstes vor. Und er kann dennoch nichts anderes entgegensetzen. Als nur dieses Lächeln. Es ist dieses Lächeln, aus dem keine Wörter mehr hervorkommen. Er hatte es gelernt, beim Abschied. Später stiehlt er beim Essen einen Teelöffel. Er lässt den Nachtisch unberührt. Steckt den Teelöffel ein. Mit einer zitternden, unbeholfenen Bewegung. In die Tasche seines Jacketts. Er sieht die Gesichter der anderen im Speisesaal. Da, ein fliehendes Kinn unter einem wortlosen Mund. Dort die wirren Haare um eine Stirn voll mühsamer Nachdenklichkeit. Und ganz hinten, die wässrigen Augen des angeblichen Angestellten, auf deren Grund ein Licht versunken liegt. Etwas beginnt. Da denkt er an sein eigenes Gesicht. Auf das sie so leichthin verzichtet hat. Das vielleicht schon unauffindbar für sie zwischen all diesen anderen hier wäre.

Wenn sie denn käme.

UNMERKLICH SEI DIE VORHER lückenlose Zeit lückenhaft geworden. Schreibt er. Vorher in der Zeit eine feste Behausung
gehabt, diese Zeit nun eine zweifelhafte Bleibe, eine Art
Leben ohne festen Wohnsitz in der Zeit. Er langweile sich
nicht, aber manchmal ein Wachwerden, im Café zum Bei-
spiel, ein Aufschrecken, als habe man etwas versäumt,
einen Termin vergessen. (Ob er denn noch lange seiner
Arbeit fern bleiben könne, ob sie da nicht doch ein letz-
tes Mal nachfragen könne?) Im Wachwerden die Emp-
findung, die Zeit vergehe ohne ihn. Und eine lähmende
Ernüchterung.

Eine Zeit ohne Liebe.

UND IMMER WIEDER DAS MEER. Das er bei seinen gelegentlichen Wegen unverhofft vor sich hat. Und dann die untergründige Furcht. Wie einer längst vergessenen Erfahrung entspringend. Aber das schreibt er ihr nie. Er denkt an sie, ohne sie wirklich noch vor sich sehen zu können, stattdessen dann, unverhofft, das Meer, als öffne er die Augen nach langer Zeit. Er meint, das Meer wolle ihn an etwas erinnern. Er sucht sie. Natürlich. Aber er findet nur das Meer. Nichts als das Meer.

Immer wieder das Meer.

11

Er hatte gesehen, es gibt Tauben, sie dringen in die Bahnhofshalle ein, sie segeln sehr lange unter dem riesigen Tonnengewölbe dahin. Sinken langsam nach unten. Sie irren am Boden umher, zwischen den Gleisen. Zwischen den Gleisen hatte er auch Haufen von Schutt gesehen, abgebrochene Betonpfeiler, zerstückelte Balken, zerschlagene Ziegel, zersplitterte Plastikgehäuse, Abfall, er hatte die von der niemals endenden Arbeit zurückgebliebene Müdigkeit erkannt: Man hatte alles unbrauchbar Gewordene unkenntlich machen wollen. Er hatte es angeschaut, in stummer Ergebenheit. Hatte es angeschaut: War es nicht das, was die Stadt ihm noch mit auf den Weg geben wollte, eindringlich, leise mahnend – die Arbeit würde weitergehen, alles würde sich weiter verändern, während er sich immer weiter entfernte? Er hatte es angeschaut. Und hatte vergessen, das schwere Reisegepäck auf dem Bahnsteig abzustellen. Das beharrliche Gewicht. Es zog nach unten. Er widersetzte sich. Gedankenlos. Und sie, was hatte sie davon gewusst? Sie hatte gesagt, es sei das richtige Reisewetter. Die Musik über den Bahnsteigen hatte unmerklich gewechselt, ein schnellerer Takt, leise, aber durchdringend, der hart, beinahe gewaltsam gegen das Schweigen des Mannes und der Frau anging. Die Frau. Sie hatte den Blick zu Boden gesenkt, wie verlegen oder auch irritiert durch diese Musik.

Die Tauben waren aufgeflogen, aufgestiegen, bis hinauf zu dem schwärzlichen Holzhimmel, er hatte nicht gewusst, ob sie wieder hinaus wollen, er hatte sie sogar schon in U-Bahnstationen gesehen.

Bei einem Weg am Strand wirft er den Teelöffel fort. Dieser verfluchte Löffel! Er geht ihm nicht mehr aus dem Sinn. Oder kehrt wieder und wieder dahin zurück.

Spazierweg mit ihr. Felder. Verwilderte Obstgärten ...

Auf der Bettkante sitzt er, legt sich nicht hin. Etwas hindert ihn daran. Und endlich steht er auf, zu hastig, stolpert über die Schuhe, geht an den Schrank, sucht, wühlt schließlich alles durch. Findet die Brieftasche. Dort ist es. Das Bild, seit Jahren dort, hinter die Klarsichtfolie geschoben. Ganz langsam hebt er die aufgeklappte Brieftasche sich vor die Augen, schaut darauf, schaut und schaut. Ein Schauen, ohne zu verstehen. Etwas ist da, in diesem Gesicht. Unergründlich, er greift mit den Fingern unter die Klarsichtfolie, die Finger zittern, greifen nach dem Bild. Es widersetzt sich, es ist in den Jahren an der Folie angehaftet. Die Finger ziehen an dem Bild, er sieht es, kann nichts machen dagegen. Das Bild löst sich, die Oberfläche haftet an der Folie. Er hält es zwischen den Fingern, starrt darauf, wie betäubt.

Das Gesicht unkenntlich, zerstört.

ER SUCHT NACH EINER RETTUNG. Die Schönheit der Landschaft. Er versucht, eine Schönheit zu finden. Sie zu beschreiben. Er erfindet. Steigert sich hinein. Um sie in diese Landschaft zu locken. Unter dem Neonlicht des Lesesaals an der Promenade schreibt er ihr von blühenden Bäumen, orangefarbenen Früchten. Die großen Lesesaalfenster haben Doppelglasscheiben. Kaum ein Laut dringt herein, in das Rauschen der Lüfter, das Rascheln der Zeitungen. Das Panorama des aufgewühlten Meeres als stumme Projektion. Als er den Lesesaal verlässt, in das graue Meer hineinschaut, nimmt er seine Unfähigkeit wahr, das zu sehen, wovon er ihr geschrieben hat. Er nimmt diese Unfähigkeit wie einen leichten diffusen Schmerz wahr, der über die Dauer der Nacht vergehen würde. Am Morgen wacht er auf, entgeistert. Sein Oberkörper schnellt hoch, mit den Armen stützt er sich nach hinten auf der Matratze ab. Fassungslos. Ob er jemals, irgendwo, alleine gewesen sei, ohne sie. Ob sie nicht immer neben ihm gewesen sei. Ob er sich jemals wirklich davon überzeugt habe ... Und obwohl er nichts mehr spürt, meint er, der Schmerz wäre über Nacht stärker geworden, dringe aber nicht mehr in sein betäubtes Bewusstsein vor.

DAS LAND, DAS ER DURCHFAHREN HATTE, war immer flacher geworden. Das Meer wäre jederzeit zu erwarten gewesen. Es war nicht in Sicht gekommen. Und als er in dem Ort angelangt war, selbst dann war das Meer nicht zu sehen gewesen. In dieser unsichtbaren Gegenwart des Meeres hatte er tagelang gelebt. Es war immer unerträglicher geworden. In der Stille dieses fremden Zimmers, in dem es nichts zu entdecken gibt und das dennoch alles verbirgt. Man hatte ihn nicht gedrängt, hinauszugehen, im Gegenteil. Man hatte ihn betrachtet. Nicht so offenkundig. Aber als er sich abends im Speisesaal über eine Schnitte Graubrot mit Wurst gebeugt hatte, war er sich dessen wieder bewusst geworden, stärker als je zuvor. Er hatte seine Hand, die das Brot zum Mund führte, sinken lassen, er hatte diesen Blick gespürt. In einem unerträglichen Anschwellen der Geräusche im Saal, dem Klappern der Porzellantassen, dem Klirren und Schrammen des Stahlbestecks auf den Tellern hatte er sich langsam, mit krummem Rücken, umgedreht.

Er hatte nichts dagegenzusetzen gehabt als dies: ihr vorausgegangen zu sein, um hier auf sie zu warten, die nachkommen würde, sobald es die Umstände ihr erlaubten. Deswegen sei er hierher gekommen.

Aber er hatte es unterlassen, dieses Argument vorzubringen. Er hatte es sich aufhebe wollen, hatte sich stattdessen allmählich eine Unempfindlichkeit gegen diese Blicke zugelegt.

ER SIEHT SIE VOR SICH. Sie – an ihrem Arbeitsplatz, stumm seit jenem Abschied. Sie beugt sich über einen Aktenordner. Das Haar fällt ihr in die Stirn. Im Hintergrund das Aufblitzen eines Kopierers. Neonlicht. Vorübereilende Kollegen. Er weiß nicht, woher er diese Bilder hat, war nie in ihrem Büro gewesen. Sie sind überzeugend, aber unvollkommen. Entscheidende Momente bleiben ihm vorenthalten. Alles in völliger Stille, in der nur eine stets schnell wieder vergessene Melodie hörbar wird. Die in ihren Briefen so oft geschilderte Heiterkeit ihres Lebens, dieses Lebens, das sie entfernt von seinem und ihrem gemeinsamen führt, es wird nicht sichtbar für ihn. Ihm bleibt nur ein flüchtiger Blick auf ganz und gar belanglose Details ihres Lebens vorbehalten. In seinem Innern breitet sich das nächtliche Meeresrauschen aus, das dumpf wie eine Pauke klingt.

Als wäre er dort, weit draußen.

Er hatte sich unendlich schwach gefühlt, allein durch den Anblick des Meeres, als es zum ersten Mal vor ihm gelegen hatte: graugrün. Wenig bewegt. Aber doch eine unterschwellige, von jenseits des Horizonts her kommende, in einer nicht endenden Brandung sich zeigende Unruhe. Sie hatte auch ihn sofort durchdrungen. Er hatte alles gesehen, Menschen am Ufer, sorglos wie in einer beliebigen Landschaft. Nahezu unwirklich. Bunte Sonnenschirme, flatternde Markisen vor der gewaltigen Wasserfläche. Eine notdürftige, aber wirksame Verhüllung der eigentlichen Bedeutung des Meeres. Diese unablässige, unerbittliche Anwesenheit des Meeres. Und ihre Abwesenheit dagegen. Die Blicke der anderen Menschen auf den Straßen, die ihn jetzt manchmal in seinen Gedanken straucheln lassen. Ob er nicht immer vom Meer als etwas völlig Unmöglichem geredet hätte, während sie doch immer ...

MAN LÄSST IHN NICHT NACH DRAUSSEN. Er redet auf diese Leute ein, sobald sie sich ihm zeigen. Was er redet, will er sich gar nicht merken. Wozu, diese Leute, wie er sie nennt, werden bald keine Bedeutung mehr für sein Leben haben. Stattdessen hält er den Blick nun beinahe unaufhörlich auf sie in der fernen Stadt gerichtet. Er sieht sie, immer in einiger Entfernung, aber in beständiger Annäherung. In seinem Zimmer, neben dem Fenster, löst sich die Tapete an den Rändern, wie rissige Borke an alten Bäumen. Hinter den Bäumen ist sie, und das Meer. Noch vor dem sicheren Wiedererkennen verwischt ihr Gesicht in einer Abwendung von traumartiger Langsamkeit, ihr lang gewordenes Haar wirbelt auf, träge, wie Tang in der Brandung.

12

Der Zug hatte sich immer weiter entfernt, in gleichmäßiger Fahrt. Schnell. Rauschend. Erstarrte Bilder in der aufsteigenden Müdigkeit. Sie war über ihn gekommen. Diese betäubende Müdigkeit. Sie kam immer wieder, unabwendbar. Ohne in den wirklichen Schlaf zu führen. Ein immer weiter fortdauernder Abschied.

Aber dieser irrsinnige Wunsch nach einer Rückkunft, schon da, bald nach der Abfahrt. Noch im Halbschlaf hatte er sie vor sich gesehen, im Abschiedsmoment, wie ihr Mund sich bewegt. Im Halbschlaf war er im Sitz nach vorne gerutscht. Alles war in Bewegung geraten. Unaufhaltsam. Vor seinen Augen. Das Meer, war es ihm plötzlich in den Sinn gekommen. Er hatte nach Halt im Wasser gesucht. Das Meer. Hatte sich ausgedehnt. Es hatte alles nach unten gezogen, in die Ferne. Unter die Oberfläche der Ereignisse, der Wünsche. Wieder hatte er sie gesehen, ihre Lippen, die sich bewegen. Er hatte verstehen wollen, was sie sagt. Er hatte sich vorgebeugt. Als könne er es so endlich verstehen, was sie sagte, zum Abschied. Dann hatte er vollends die Augen geöffnet. Nach draußen, der Blick. Drei Müllsäcke, schwarz, grün, blau, in einem Busch am Feldrand, an der Bahnstrecke, prall gefüllt, zugeschnürt, aus der Welt geschafft, die Äcker hatten sich weit ausgedehnt, kaum ein Weg zwischen ihnen ahnbar – zu der Siedlung vor dem Horizont. In seinem Mund war der schwach bittere Geschmack des Schlafs gewesen.

Das Schweigen über sie. Es wächst zu seiner eigentlichen Trauer über das Unglück an. Es ist diese Trauer, die er dann in der Stille seines Zimmers vorfindet. Er findet diese Trauer und hört das Rauschen des nächtlichen Meeres. In den Wellen treibt der vom Meeresgrund losgerissene Tang. Hin- und hergewälzt von der Brandung. Der Tang, den er an den wintergrauen Stränden findet. Große, schwärzliche Büschel. Vergessene, regungslose Schatten. Aufwehendes, dunkles Haar.

Eine Abwendung.

SIE HATTE IHM VON EINER günstigen Gelegenheit geschrieben. Ein Einkauf? Eine Liebe? Ein anderes Leben? Er findet den Brief nicht wieder. Er sucht und sucht, überall, in seinem Zimmer, draußen, heimlich, in dem Zimmer des Pförtners, als der mit seiner Teekanne zur Küche geht. Er sucht, auch, um nachzulesen, ob sie ihn um Verständnis dafür gebeten hatte. Alles schon geschehen, unabänderlich, fern von ihm. Und er, er findet nur das Meer vor.

DEM ANGESTELLTEN VON DER ANDEREN STADT erzählen, von ihr. Das würde er gerne tun. Er widerspricht ihm gar nicht, wenn er jedesmal neu behauptet, Angestellter in diesem Ort zu sein, und von Arbeit überhäuft. Ist er nicht selbst auch Angestellter, fern von hier? Er ahnt nicht einmal, in welchem Zimmer dieser Mann wohnt. Er will es herausfinden. Jedes Zusammentreffen mit ihm so flüchtig und zufällig. Von leisem Schrecken begleitet, der ein abgründiges Vergessen in sich trägt. Er will ihm von der anderen Stadt erzählen, von ihr erzählen. Das Abschiedsbild zurückholen und so vielleicht weiter, hinter dieses Bild des Abschieds gelangen. Es ist wie ein plötzlich gefundener, rettender Einfall. Er dreht sich vollends um. Sieht das ferne Licht auf dem Grund der wässrigen Augen vor sich. Sein Erschrecken und Schweigen. Sie stehen voreinander und betrachten sich. Er ist bewegt. Von diesem Anblick. Diesem unerreichbaren Licht auf dem Grund der Augen. Er sieht gar nicht, was der andere sieht, aber es scheint ihn ähnlich in Bann zu ziehen. Er vergisst, was er erzählen will, in dem erzwungenen Schweigen.

SIE SCHREIBT IHM: Er, der doch unbedingt an das Meer wollte … Er lacht auf. Er fühlt sich betrogen. War sie es nicht, die immerzu davon geredet hatte? Sie schreibt von den Ereignissen in der Stadt, von den Begebenheiten, die sie gefangen halten. Sie schreibt von diesen Ereignissen, von jener fernen Stadt, in der sie blieb, als gäbe es nichts außerhalb dessen. So vergisst er allmählich die Wirklichkeit seiner Fahrt zu dem Ort am Meer.

EINMAL, ALS SIE WIEDER so voreinander stehen, der Angestellte und er, ohne dass er sich abwenden kann, setzt er überraschend einen Schritt nach vorn und fällt dem Angestellten um den Hals. Er drückt ihn an sich, spürt, wie die Arme des Angestellten sich um ihn schließen, fest und bedürftig. Als er sich von dem Angestellten löst, der sich nicht dagegen wehrt, sieht er dessen unkenntlich gewordenes Gesicht, von einem stillen, haltlosen Weinen verzerrt, die Einsamkeit dieses Gesichts vor der Wand des Korridors, diesem in tausenden von Berührungen fleckig gewordenen Weiß.

UND DANN ERKENNT ER: An die Stelle ihres Blickes, den sie zu sich zurückgenommen hatte, immer aufs neue ihm weggenommen hatte, bei jeder Wiederkehr des Abschiedsbildes, setzt sich der Blick des Mannes, der sich noch immer so danach sehnt, Angestellter in diesem namenlosen Ort zu sein. Der Blick des Mannes legt sich allmählich über das Abschiedsbild. Als beginne nun, endlich, seine Ankunft. Er muss schauen, immerfort schauen. Wenn er aufwacht, ist da manchmal, noch vor den ersten Gedanken, diese Qual. Wieder wach, wieder schauen zu müssen. Die Augen, ohne Gefühl für sein Leiden, haben sich schon geöffnet, öffnen sich immer wieder. Da ist er dann froh, von seinem Bett aus nichts anderes zu sehen im Fenster als den Himmel und den seitwärts hineinragenden, schwarzen Ast, wie ein Riss im Himmel. Er darf aber nicht auf dem Bett liegen bleiben. Man zwingt ihn, zu Bewegung, wie man sagt, ohne zu wissen, dass man ihn noch viel mehr dadurch zwingt, zu schauen. Er es doch aber müde ist zu schauen.

Schon so lange ...

ER HATTE DAMALS GEGLAUBT, sie hätte ihn zum Bahnhof begleitet. In der S-Bahn. In den großen schwankenden Wagen. Durch das unter der Stadt ausgebreitete Tunnelnetz. Aber es wäre anders gewesen: Sie hätte ihn nicht begleitet, sie hätte ihn zum Bahnhof gebracht. Sie beide auf den weinroten Kunstledersitzen der S-Bahn. Die Bank ihnen gegenüber leer, ein hieroglyphisches Graffitti auf dem Kunstleder dieser Sitzbank. Er, vertieft in die Betrachtung dieses Bildes. Er hatte nicht gewusst, nie mehr seitdem, waren es ein, zwei unterirdische Bahnhöfe oder mehr, die währenddessen unbemerkt an ihm vorübergezogen waren. Die Graffitti, schwarze, breite Filzstiftlinien. Niemand hatte sich dorthin gesetzt. Die unirdische Schrift groß wie ein stummer Schrei – er hatte die Menschen abgeschreckt. Sie waren dicht zusammengepfercht bei den Türen geblieben. Gierig danach, wieder hinauszudrängen. Als hätten sie den Atem angehalten – und sogar den Herzschlag? Sicher war sie zuerst aufgestanden. Sie hatte ihn berührt. Die elektronische Frauenstimme hatte den Hauptbahnhof angekündigt. Sie war vorangegangen im Gedränge. Hatte eine Hand nach hinten ausgestreckt. Die Finger gespreizt. Wohl in der Erwartung, er lege seine Hand in ihre. Er hatte in beiden Händen seine Gepäckstücke getragen. Und war dennoch verlegen gewesen, ihrer vermeintlichen Erwartung nicht gerecht werden zu können. Ihrer Ungeduld ausgesetzt. Als sei sie es gewesen, die abreist. Er sitzt im Lesesaal am Meer. Sitzt dort. Kopf und Hand haben sich aneinandergelegt. Jenseits der wasserfleckigen Scheiben die stumme Meereslandschaft. Sieht wieder ihre nach hinten, ihm entgegengestreckte Hand. Spürt das Gewicht des Gepäcks wieder in den Armen. Ihre Hand. Nach hinten gestreckt. Als sei sie mit ihm durch eine Fessel verbunden. Er glaubt nun, sie hätte ihn zum Bahnhof verbracht.

IN EINER NACHT, DIE NICHT SEINE IST, wacht er auf. Steht auf. Geht zum Fenster. Er steht da. Schaut in die Straße hinab. Ins schwache Licht auf dem Asphalt. Bleibt lange Zeit da stehen. Wie lange würde die Nacht noch dauern? Als er sich endlich losreißen will, sieht er den Angestellten unten vorbeigehen. Er erkennt ihn an diesem ihm ganz eigenen Gang. Den Körper stets in einer Art Rückbewegung. Als wolle er bei jedem Schritt in Wirklichkeit umkehren. Er starrt hinab. Hebt eine Hand. Dann lässt er es sein. Öffnet nicht das Fenster. Klopft nicht an die Scheibe. Hält ihn nicht zurück. Es ist eine Notwendigkeit. Es ist nicht sein Weg zum Meer, nicht seine Nacht. Wie im Traum tritt er zurück in die Tiefe des Zimmers, kleidet sich an in langsamsten, behutsamen Bewegungen, als habe er Angst, aufzuwachen. Sogar die Schuhe zieht er an, zieht die Schnürsenkel fester als sonst. Und legt sich dann auf das Bett, breitet die Wolldecke über sich aus. Die Augen weit offen, sieht er die Dunkelheit und sie wird zu einem Meer, das ihn weithin umgibt und ihn trägt, und in dem er nichts sonst zu sehen braucht.

IHR ALTER. DIESE LEBENSALTER. Immer nur beiläufig denkt er daran. Es bedeutet ihm nichts.

Alterslos. Er und sie.

Da existiert nur diese Zeit ihrer Beziehung. Aber kein Alter. Nur die Beziehung, die altert.

Dennoch die ungewollte Rückkehr seiner Gedanken zu ihrem Alter.

In Bann geschlagen von der Unerträglichkeit dieser Vorstellung: dass ihr das Leben zwischen den Händen zerrinnt. Während sie warten muss.

Darauf warten muss, ihm ans Meer zu folgen.

Ob er das aufhalten müsse – aber er weiß nicht wie.

Er könnte beinahe alles – wenn man ihn nur ließe.

Es braucht lange, bis er aufsteht. Zu reichlich ist seine Zeit bemessen, als dass er in Eile aufspringen müsste.

Er braucht lange, bis er es wagt, den Tag zu beginnen, den Raum auszufüllen.

Sein Atem noch in der vom Schlaf her kommenden, verhaltenen Weise, diese Ökonomie eines sich im äußersten Ruhezustand befindenden Körpers.

Am Himmel rührt der Kosmos in Wolkenwirbeln das Rot der heraufkommenden Sonne auf.

Stützt er den Ellbogen auf, knarrt das Bett, ein Laut des Widerwillens, der ihn verschreckt.

Setzt er sich auf, knarrt das Bett, eine Rückkehr in den Schlaf ist ihm verwehrt.

Der Tag ist die Passage. Und obwohl er für nichts gebraucht wird, zwingt man ihn, sich zu dieser frühen Zeit sein Frühstück zu holen ...

ER MACHT SICH GEDANKEN über die Zwischenräume. Tagelang ist er mit dem Betrachten der Fragmente beschäftigt. Ein Puzzle.

Er denkt an die Kuriosität, mit der ein Puzzle immer, bei jedem neuen Zusammenlegen, das gleiche Bild ergibt. Wirft man es anschließend wieder auseinander, dann werden die vielen Puzzleteile nie zweimal in der gleichen Weise umherliegen.

13

S ie waren durch die Bahnhofshalle gegangen. Seine Bewegungen, schwankend zwischen den Extremen eines Vorwärtshastens und eines von lähmender Unentschlossenheit befallenen Zögerns. Oder auch ein erschrockenes Stehenbleiben. Angesichts hastender Menschen. Die ihren Weg kreuzten. Und sie – sie hatte dann dagestanden, als mache sie dies alles nur mit, weil er, ja, er ... nein, er hatte nichts zu sagen gewusst, er hatte sich nicht aufgerufen gefühlt, etwas, irgendetwas zu erklären. Alles bisher Gesagte war ihm da, auf diesem Weg zum Bahnsteig, als vorlaut erschienen. Herüberschallendes Lachen und Hundegebell. Was für ein Echo!

Da hatte er zu Boden geschaut. Der Blick auf die eigenen Beine. Die sich bewegenden, gehenden Beine. Die Schuhe. Die sand- und terrakottafarbenen Fliesen der Bahnhofshalle. Die einstmals glänzende Oberfläche. Überzogen von den stumpfen Spuren eines tausendzahligen Aufbruchs. Narben beiläufiger Gewalt des Aufbruchs. Festgetretene Kaugummis als schwarze Flecken. Zigarettenstummel. Ein Foto. Tatsächlich ein zerrissenes Foto. Ein Fetzen nur. Das Bruchstück eines Gesichts, ein geöffnetes Auge. Eine Musik, die in diesen weltverlorenen

Blick vorgedrungen war. Die Musik war plötzlich Ursache für alles gewesen. Für die Bewegung der eigenen Beine. Die Härte des Bodens. Ja, selbst für den Schmutz. Und tatsächlich hatte diese leise, plätschernde Musik das Geschehen getragen. Die Musik hatte ausgesetzt. Das Bild war in der Bewegung stehengeblieben. In diese Momentaufnahme ... die verwischte, erstarrte Bewegung seines Beins, ein alter, brauner Schuh, ein Fetzen Papier, das Fragment eines Gesichts ... war die Frauenstimme gefallen ... hatte von diesem Unglück erzählt, einem Meer ohne jenseitigem Ufer, diesem Glück, hatte sie gesagt. Erstaunt, erschrocken, hatte er zur Seite, zu ihr geschaut.

Ihre Stimme, die er bis dahin für unverwechselbar gehalten hatte.

Er verlässt das Zimmer vorzeitig. Geht landeinwärts – ihr entgegen. Durch die noch sehr stillen Straßen. In dem Ort am Meer, der keinen Namen hat. Oder vergisst er ihn jedesmal? Sie schreibt ihm doch, schickt ihm Briefe an diesen Ort. Er verlässt ihn voller Schuldgefühl. Daher sein erstarrtes Lächeln auf dem Mund. Das er jedem entgegenhält, dem er begegnet.

Um damit das Schweigen zu besiegeln von vornherein.

DER SCHNÜRSENKEL seines rechten Schuhs hat sich gelöst. Stehenbleiben will er deshalb nicht. Er tritt im Gehen darauf. Es reißt ab. Er knotet es wieder an. So geht er. Landeinwärts. Den Bildern entgegen. Die er vor sich sieht. Da ist sie! Gar nicht mehr stumm. Morgens beim Ankleiden. An einem Mittag, beim Essen in der Kantine. Überall redet sie. Er weiß nicht, sieht nicht, mit wem. Auf ihrem Weg nach Hause. In einem Supermarkt. Beim Telefonieren. Irgendwo, zurückgezogen in einem abseitigen Winkel, im Keller eines Restaurants etwa, in mattem Licht. Sie redet lebhaft. Heiter. Er weiß nicht, mit wem. Alles kommt stumm zu ihm. Diese Bilder – sie geschehen. Sie laufen vor ihm ab. Es sind Fragmente eines großen Films. Sie laufen in völliger Ungestörtheit vor ihm ab. Er wartet. Er geht und wartet. Auf das Erhoffte. Er wartet darauf: in diesen Bildern, in ihren Verrichtungen eine Irritation zu entdecken. Ein Zögern. Ausgelöst durch seine Abwesenheit. Jetzt erinnert er sich. Hört sie reden. Wie sie zuletzt zu ihm geredet hatte. Wie sie ihm von dem Meer erzählt hatte, das uferlos sei, zur anderen Seite hin. Und ist davon überzeugt, dass sie allen, mit denen sie spricht, heiter davon erzählt, unentwegt nur davon, dem fernen Meer ohne jenseitigem Ufer, mit der immer gleichen Stimme erzählt, das erzählt, allen. Am Telefon. Über einen Mittagsteller hinweg. Zwischen Tür und Angel.

Sie erzählt es allen.

DA BLEIBT ER STEHEN, setzt sich an den Straßenrand. Dieses Jackett, das er trägt. Es ist doch viel zu dünn für diese Zeit. Es ist so ausgebeult, dass es scheint, er sei zu wenig gegenwärtig, um es ganz auszufüllen. Erst jetzt, da er krumm am Straßenrand sitzt, passt es sich seinem Körper an. In seiner völligen Erschöpfung, die ihn überkommt, sieht er die Wirklichkeit: eine weite, leere Felderlandschaft. Er hört seinen Atem wie ferne Brandung. Er denkt an den Löffel, den er gestohlen und fortgeworfen hatte. Denkt daran, dass sie auch davon nichts weiß. Dass sie auch davon nie etwas erfahren würde. Er stellt sich vor, dass nun eine Art seines Lebens begonnen hätte, die mit ihrem nichts mehr zu tun hätte, der sie auch niemals würde folgen können. Er: in gewissem Sinne unauffindbar.

Ihr zu schreiben, es gebe viel mehr Ferne als Nähe …

Ihr zu schreiben, es gebe doch viel mehr Himmel als Erde …

MAN EMPFÄNGT IHN VOLLER NACHSICHT, aber ohne Entgegenkommen. Er muss auch den letzten Schritt noch alleine machen, als geschehe es freiwillig. Auch am Tag dringt nun das Rauschen des Meeres in sein Zimmer. Es beginnt, ihr Bild zu verdecken. Wie könnte er ihr von all dem schreiben? Er schreibt ihr in einfachen Worten: vom Essen. Vom Wind. Vom Schlafen. Vom Meer. Aber er sieht, hört, weiß nichts als das Papier vor sich auf den Knien, das Schaben des Bleistifts.

ER REISST IHRE BRIEFE AUF. Derart ungeduldig.
Einmal auch so, dass er den äußeren Umschlag in Fetzen geöffnet hat.
Aber das Futter aus grauem Seidenpapier bleibt unbeschädigt.
Seine Finger tasten sich zitternd in den Briefumschlag.

Finden nichts.
Und er nimmt das hin.

Erst während eines Spaziergangs begreift er den notwendig vorliegenden Irrtum. Über diesem Einfall wird er ganz kopflos. Will zurück in sein Zimmer. Findet sich wieder am winterlichen Strand. Hinter Dünen. Abseits des Ortes.

In dieser großartigen Leere muss er jemanden fragen, ob er wisse, wo es nach Hause geht.
Der, den er dann findet, kann nur lächelnd seine Frage wiederholen – nach Hause? –, um dann schweigend, lächelnd zu verneinen.

Es ist nichts mehr über ihm.

DER LEERE RAUM ÖFFNET SICH immer weiter nach oben.
Ob sie denn Trost gebraucht hätte. Ob ihre Hand, die sich
auf seinen Rücken gelegt hatte, als er in den Zug ein-
gestiegen war, den Trost seiner Hand gesucht hatte. Er
schreibt. Er wechselt von dem Du zum Sie. Sie fragt ihn
im nächsten Brief: Warum schreiben Sie so, warum. Was
ist mit Dir. Woran denkst Du, wenn Du mich Siezt. Wo
bist Du. Jetzt, nachts, Dein Leben.

DA IST IHM SCHON DIE KLEIDUNG wie eine Verletzung auf der Haut, dass er sie am liebsten davonwerfen will. Aber gleich darauf weiß er, dass er eigentlich gar nicht mehr aus dem Bett herauskann, und er geht so schnell, dass der nasse Sand aufstiebt und die Kälte, und er legt sich nachts noch seinen Mantel und andere Kleidung auf die Bettdecke.

Ausgebreitet auf der Oberfläche seines Schlafs, in den er versinkt, treiben seine Kleidungstücke dahin. Er zählt noch, Hemd, Jacke, Mantel, Hose, die sich in fächelnden Bewegungen den sanften Wellen anschmiegen, aber doch schon halb versinken.

Diese Zärtlichkeit in den Bewegungen des Wassers.

Sie, denkt er, würde die Hände über dem Kopf zusammenschlagen.

Über solch eine Idee.

Aber als er in tiefer Finsternis die Augen aufschlägt, hört er in der Ferne das Tosen des Meeres. In düsteren Wogen scheint dieses Meer gegen den Strand zu branden und in düsteren Wogen wieder zurückzufluten. Wie schwerelos der Tang in den Wellen. Bis er ans Ufer geworfen wird.

Große, erschöpfte Bündel.

ER STEIGERT SICH IN DIESE ZWEIFEL, ob er die Briefe jeweils abgeschickt hat. Er weiß gar nicht, wer sein Zimmer reinigt. Er findet manchmal, wenn er das Zimmer betritt, Reste von Wasser auf dem Linoleum. Kampfergeruch über den Ausdünstungen der alten Tapete. Der Bleistiftstummel fällt zu Boden, rollt unter das Bett. Er bückt sich. Dort liegt der Bleistift, zwischen flockigen Staubklumpen, wie ein totes Insekt. Er möchte ihr gerne schreiben. Sie solle dort bleiben. Sie solle sich befreien. Er kann es nicht. Er schreibt stattdessen: Wann werden Sie kommen! Und er schreibt diesen Satz noch dreimal in dem Brief. Versteckt zwischen alltäglichsten Schilderungen. Mit Ausrufezeichen versehen. Die jede Alltäglichkeit in den Schilderungen fragwürdig machen müssen. Er ist wie gelähmt. Er redet sie mit diesem Sie an. Als käme ihm nur das über die lahme Zunge.

Aber nicht ein Du.

DER WIDERSPRUCH IN DEM WUNSCH nach einer endlosen Passage. Es ist kein Weiterkommen. Stimmen. Halbsätze. Wie herausgestanzt aus der kalten Luft ... Sie werde nachkommen ... an ein uferloses Meer ... um die andere Küste zu erreichen ...

DIE GESTEN, MIT DENEN MAN ihm ihre Briefe überreicht, werden ihm immer rätselhafter. Da will er denen manchmal um den Hals fallen. In der Stille des langen Korridors. Aber der im Zwielicht daliegende, wachsglänzende Linoleumboden erschrickt ihn dann immer. Wie ein Abgrund. Diese Dankbarkeit, dann. Wenn er den ihm entgegengestreckten Brief schon in der Hand hält. Und man den Brief endlich loslässt. Ihm überlässt! Eine ganz und gar stille Dankbarkeit.

SIE SCHREIBT IHM SPÄTER: Stelle Dir vor, ich wäre auf der anderen Seite des Meeres. Stellen Sie sich vor! Der Beginn eines langen, niemals geschriebenen Briefes.

Und am Ende diese Frage, mahnend hebt sie sich ab von der übrigen Schrift, von dem weißen Papier: Gehen Sie zum Meer?

Da vergisst er seine insgeheime Furcht vor dem Meer.

Das sich so leicht in den Blick hineindrängt.

Alles fortdrängt, was sonst in ihm ist.

ER BEGEGNET DEM ANGESTELLTEN nicht mehr. Und je klarer er begreift, dass der Angestellte nicht wiederkommen wird, desto deutlicher sieht er ihn wieder im Speisesaal sitzen, so wie damals, als nur sie beide dort übrig geblieben waren, reglos dort saßen, lange nach der Mahlzeit, er am entgegengesetzten Ende des Raumes. Der Angestellte hatte nicht aufgehört, zu ihm herüberzuschauen. Aber die Frau in dem farbbefleckten grauen Kittel hatte den großen Raum betreten, lautlos, wie schwebend, hatte sich vor dem Angestellten niedergekniet und hatte ihm eine Hand auf die Wange gelegt. Ihre Hand blieb dort liegen und er glaubte, die Wärme ihrer Hand erfülle allmählich den ganzen stillen Raum. Und er wartete darauf, dass diese Wärme auch ihn endlich erreiche. Die Frau schaute nur den Angestellten an, der seinerseits unaufhörlich zu ihm herüberschaute. Aus der Stille des Raums im Sonnenlicht des frühen Nachmittags klang allmählich, sehr leise zunächst, das Rauschen des Meeres herauf. Und dann sah er die transluziden, smaragdgrünen Wellen mit weiß leuchtenden Schaumkronen über sie hinwegrollen, in einer langsamen, zärtlichen Bewegung.

In dieser nun haltlosen Zeit stürzt er am Strand hin. Das Meer hat die Luft und den Sand mit kühler Feuchtigkeit getränkt. Er ging eben noch, ohne zu wissen, wohin er sich wenden soll. Kein Mensch da, aber doch ferne Stimmen aus dem dunstigen Nebel, Gerede, Kinderlachen. Er liegt im Sand, hingestürzt, es ist gar nicht unangenehm, so dazuliegen. Er betrachtet seine Hand dicht vor den Augen, sie ist bedeckt mit unzähligen feinsten Körnchen, die das Meer in jahrtausendelanger Wiederholung an Land wirft und sich stets aufs Neue wieder zurückholt. Alles geschieht wie zum ersten Mal. Langsam steht er auf, klopft sich den Sand aus der Kleidung. Und mit einem Mal wüsste er, dass er nicht auf sie wartet – nicht nur auf sie. Da war etwas Größeres, Wertvolles in ihr verborgen, von dem sie selbst vielleicht nicht einmal wusste.

Aber es hatte ihre Gestalt, ihre Stimme, die Wärme ihrer Haut.

14

In den folgenden Tagen hält er seinen Blick auf dieses sichtbar gewordene Rauschen gerichtet. Das Rauschen des Meeres. Ein bewegtes, immer gleiches Bild.

Er betritt es. Langsam zuerst. Zögernd. Beinahe andächtig. Er nähert sich ihr, wie er ist, allein, ganz leicht. In einer Nacht, die nur seine ist. Er nimmt es nicht wahr. Sie gehört ihm. Aus der Finsternis vor ihm klingt das Schreien von Möwen. Es muss von dort draußen kommen, über die weite Fläche des Meeres klingt das Rufen der Möwen heran. Ein Schreien, energisch und klagend.

Das Bild zerfällt und ein anderes wird sichtbar.

15

Eine Stadt. Ein Morgen. Die Masse der Menschen. Alles ist in Bewegung. Es ist das Gewohnteste. Eine Frau. Sie wird klarer erkennbar. In der Masse der Menschen. Sie geht quer durch die Stadt. Ein anderer Weg. Eine Straßenkreuzung. Der Lärm. Der dichte Verkehr. Das milchige Licht einer heißen Sonne, schon am Morgen. In Häuserschluchten. Die Masse der Menschen. Die Frau. Sie wartet. Wartet darauf, die Kreuzung passieren zu können. Sie schaut geradeaus. In eine noch unkenntliche Ferne. Am Rand einer noch unbekannten, noch unsichtbaren Landschaft. Als die Ampel umschaltet, der tosende Verkehr für Sekunden zum Stillstand kommt, geht sie los, beinahe ohne zu zögern. Eine Irritation. Ein Lächeln. Schaut zur Seite, mit aufwehendem Haar. Fremde Menschen. Eine Brandungswelle. Schlägt lautlos auf den Strand. Weißer, zerlaufender Schaum. Im grünen Wasser verwirbelnde Klumpen von schwärzlichem Tang. Ihr Lächeln ist fort. Sie kehrt um. Mitten auf der Straße. Geht zurück in die Menge. Löst sich auf in ihr.

***

Bibliografische Informationen der
Deutschen Nationalbibliothek:

Die Deutsche Nationalbibliothek verzeichnet diese Publikation
in der Deutschen Nationalbibliografie. Bibliografische Daten
im Internet über http://www.dnb.de abrufbar.

Michael Zuch: meerwärts

Umschlag und Satz: satzmeer, Frankfurt am Main

Herstellung und Verlag: BoD- Books on Demand, Norderstedt

ISBN 978-3-752832-99-0